Das Ende der Stille

Ulrike Kuckero

DAS ENDE DER STILLE

Thienemann

Das Schwere ist des Leichten Wurzel.
Das Stille ist der Unruhe Herr.
Lao-Tse

1

Kalt und glatt lag der Schlüssel in Antonias Hand.

Hatte sie ihn selbst aus der Schublade genommen? Sie sollte doch nur die kleine blaue Pillendose holen und dann wieder hinuntergehen zu den anderen. »Sei so gut, Toni, sie liegt in meiner Nachttischschublade«, hatte die Großmutter gesagt. »Ohne meine Pillen komme ich nicht gut ins neue Jahr.«

Doch statt der kleinen blauen Pillendose war da der Schlüssel und Antonia wusste sofort, zu welcher Tür er gehörte. Und nun lag er in ihrer Hand, als sei er von selbst dort hineingesprungen.

Antonia umfasste den Schlüssel und spürte, wie eine seltsame Gewissheit in ihr aufstieg. Sie würde die Tür aufschließen. Gleich morgen früh, wenn alle ihren Silvesterkater ausschliefen. Erst gegen Mittag würden sie in die Küche taumeln, einen starken Kaffee trinken und danach an der großen Tafel den Neujahrsbraten verspeisen wie in jedem Jahr.

Schnell schob Antonia den Schlüssel in die Hosentasche, schloss die Schublade, fand das Pillendöschen oben auf dem Nachttisch neben dem altmodischen Wecker, löschte das Licht und verließ das Zimmer.

Doch statt die Treppe hinunterzulaufen und in das muntere Treiben unten einzutauchen, Onkel Harry machte gerade Bleigießen, blieb Antonia auf dem Treppenabsatz stehen. Hatte die Großmutter das vielleicht absichtlich getan? Wollte sie, dass Antonia den Schlüssel fand?

Ich habe ihn entdeckt, dachte Antonia und stieg nun

langsam die Stufen hinunter. Ich habe ihn entdeckt und mitgenommen.

Kurz lauschte sie auf die Geräusche, die durch das Haus der Großmutter drangen. Onkel Harry lachte, die Kinder riefen durcheinander. Fröhlich klang es, ausgelassen. Ich!, riefen sie. Ich will jetzt! Auch die Erwachsenen lachten auf einmal, jemand schien etwas Lustiges gegossen zu haben.

Einen Moment lang wünschte sich Antonia in ihre Mitte, am liebsten zwischen Mutter und Vater aufs Sofa, die Mutter würde sie kurz in den Arm nehmen und zu ihr sagen: Und du, meine Große, was wünschst du dir fürs neue Jahr?

Doch das war dumm. Selbst wenn die Mutter diese Frage stellen würde, wüsste Antonia keine Antwort und das machte alles noch schlimmer.

Was sollte sie sich auch wünschen? Dass sie nicht immer so ernst wäre? Dass sie ein kleines bisschen hübscher wäre? Dass die anderen gelegentlich auch mal auf sie achten und nicht immer nur auf ihren süßen kleinen Bruder Tim, der so goldig lachen konnte, dass alle Welt ihn immer nur anstrahlte? Oh, die große schwierige Tochter, am besten, man spricht sie gar nicht erst an. Die ist ja sowie nur stumm und dumm und überhaupt …

Antonias Schritte stockten. Auf der untersten Stufe blieb sie stehen und tastete nach dem Schlüssel. Dort steckte er in ihrer Hosentasche, gefährlich wie ein Verbrechen und prickelnd wie eine Verheißung.

Verwirrt öffnete Antonia die Tür zum großen Wohnzimmer. Das Licht der Lampe fiel weich und warm wie ein Schutzschild auf alle, die am Tisch saßen. Keiner sah sich nach ihr um. Alle reckten die Hälse, um in der Wasserschüssel sehen zu können, was sich dort, frisch gegossen, als feste Form abzeichnete.

»Ein Fisch!«, rief Tim und alle lachten.

»Ein Adler«, sagte Onkel Harry.

»Ein Mercedes«, sagte der Vater. Da lachten alle noch mehr.

Antonia stand an der Tür und lauschte den Stimmen. Plötzlich schienen die anderen weit fort zu sein, in einer fremden Welt, wo es um seltsame Dinge ging, die nur die Eingeweihten kannten, und sie selbst, Antonia, sah ihnen von ferne zu und verstand ihre Sprache nicht.

»Komm her, Toni!«, rief da jemand aus der anderen Welt, eine Hand tauchte aus dem Licht hervor und zog Antonia an den Tisch.

»Danke, du bist meine Rettung«, sagte die Großmutter sanft und strich Antonia übers Haar. Sie nahm das Pillendöschen, klappte es auf, legte sich eine kleine weiße Kugel auf die Zunge und schluckte sie.

»Du bist die Letzte«, sagte jemand und drückte sie auf den Stuhl.

Antonia blinzelte im Licht, das auch sie jetzt umfing wie ein warmes Tuch. Nun hielt sie den großen flachen Löffel in der Hand, die kleine Bleiglocke darauf löste sich langsam auf und hatte schon keinen Klöppel mehr, jetzt fehlte die breite untere Krempe, dann war sie nur noch flüssige Masse mit einer letzten kleinen Delle als Erinnerung an ihre Vergangenheit.

»Gieß mit Schwung«, riet Onkel Harry. »Wenn du eine Rose kriegst, heißt das …«

»… du verliebst dich!«, kreischte seine Tochter Vanessa.

»Oder sie wird Gärtnerin«, rief Tim.

»Mach schon«, drängelte Tante Silke. »Achtung, fertig, los!«

Doch Antonia zögerte. Einen kurzen Augenblick lang sah sie sich in den Keller gehen und den Schlüssel ins Schloss stecken. Ja. Sie würde es tun.

Entschlossen kippte sie den Löffel zur Seite, es zischte und mit einem kleinen Fauchen tauchte das flüssige Blei ins Wasser und sank auf den Boden der Schüssel.

»Du musst es rausholen!«, rief Tim aufgeregt und hüpfte auf den Stuhl. »Hol es raus! Was ist es?«

Antonias Hand tauchte in das Wasser, die Finger schlossen sich um ein zackiges Gebilde mit einem runden Klumpen, und holte es herauf wie einen Schatz, der aus dem tiefen Meer geborgen wurde.

»Zeig«, sagte Onkel Harry fachmännisch und rückte die Brille weiter zur Nasenspitze. »Ganz eindeutig ein … ja, was?«

»Es ist nur ein Löffel«, sagte Tim enttäuscht. »Du musst bestimmt viel Suppe essen im neuen Jahr, pah!«

»Nein, nein«, sagte die Großmutter, »es ist kein Löffel, schaut mal hier, das sieht aus wie ein Bart!«

»Vielleicht ein Zwerg?«, kicherte Vanessa.

Antonia legte das Gebilde auf das weiße Tischtuch.

»Ist doch ganz klar«, sagte sie ruhig. »Das ist ein Schlüssel.«

Sofort stockte ihr der Atem. Hätte sie nur dieses Wort nicht ausgesprochen. Nun hing es hier über dem Tisch, festgehalten von der Lichtkrempe der Lampe, und flog in jedes Ohr. Nein, es war falsch, den Schlüssel zu nehmen. Gleich würde sie ihn zurücklegen und nie wieder an ihn denken.

Verlegen schob sie den Bleischlüssel hin und her auf

dem Tischtuch und traute sich nicht, ihn in die Hand zu nehmen. Konnte man in ihrem Gesicht lesen, dass sie gestohlen hatte?

Doch niemand achtete auf sie. Onkel Harry stellte einen Teller mit einem kleinen Zylinder auf den Tisch und zündete ihn an.

»Au ja!«, schrie Tim begeistert.

Alle sahen zu, wie sich eine lange, verkohlte Schlange aus dem Zylinder quälte, sich in immer neue Windungen legte, schließlich auf die Seite kippte und liegen blieb. Der Qualm zog aus dem Lichtkreis der Lampe ins Zimmer. Antonia stand auf und folgte ihm ans Fenster.

Draußen schlug Regen in feinen Strichen gegen die Scheiben. Der große Baum weiter hinten im Garten glänzte feucht und schwarz. Immer war er Antonia wie ein Freund gewesen, groß, stumm und irgendwie ohne Veränderung. Sie kannte ihn so gut, wusste, wie die dicken unteren Äste angeordnet waren, auf welchen man am besten zuerst kletterte, dann weiter bis hinauf in die Krone. Wie lange schon war sie nicht mehr in ihren Baum geklettert! Und warum eigentlich nicht?

Früher hatte sie oft weit oben in der Krone gesessen, das dichte grüne Blattwerk wie eine Höhle um sie herum, und hatte gesungen. Dann fühlte sie sich wie ein Vogel. Sie hatte sogar versucht sich ein Nest zu bauen, um dort zu wohnen. Doch das ging natürlich nicht. Irgendwann rief immer die Mutter und sie musste hinuntersteigen und ins Haus gehen. Wie lange war das schon her?, fragte Antonia sich erstaunt und empfand plötzlich eine heftige Sehnsucht.

Wonach? Sie konnte es nicht sagen. Vielleicht nach dem Nest, das sie nie bauen konnte. Oder nach dem

Baum, der so allein dort hinten im Garten stand. Und warum eigentlich hatte sie immer nur dort oben gesungen?, dachte sie und konnte sich auf einmal nicht mehr an ihre eigene Stimme erinnern.

Hinten im Zimmer drehte jemand am Radio. Sender rauschten vorbei, Musikfetzen, Stimmen, eine mächtige Orgelmusik erdröhnte. Schnell wurde weitergedreht, ein Sprecher war zu hören. »Sekt«, rief die Mutter, Gläser klirrten im Schrank. »Komm, Toni«, rief der Vater, »gleich ist es so weit!« Gläser wurden gefüllt und herumgereicht.

Antonia ging zu den anderen, sogar Tim bekam einen kleinen Schluck, Onkel Harry sah der Mutter in die Augen, Tante Silke hängte sich bei Vater ein, Vanessa zündete Wunderkerzen an, die prasselnd ihre Funken versprühten.

»Jetzt beginnt gleich das neue Jahr«, sagte Großmutter.

Aber dann waren es doch noch dreißig Sekunden. Wieder erscholl Musik aus dem Radio, dieses Mal war Antonia nicht sicher, welche Instrumente gespielt wurden, vielleicht Geigen. Ihr Herz tat einen Sprung und schlug wild zu den wundervollen Klängen, doch die Mutter lief mit ihrem vollen Glas in der Hand zum Radio und verstellte hektisch den Sender, ein fernes Rauschen war zu hören, sie drehte weiter, wieder die Orgel, nun ein dröhnendes Kirchenglockengeläut.

»Es ist so weit«, keuchte die Mutter, als hätte sie eine große Anstrengung vollbracht, und kehrte in den Kreis der Wartenden zurück, stieß ihr Glas gegen das von Onkel Harry, dass der Sekt herausspritzte, und rief mit gepresster Stimme: »Prosit Neujahr!«

»Prosit Neujahr!«, riefen alle anderen und nun begann ein Gläserklirren und Umarmen und Alles-Gute-Wünschen. Antonia tat einen Schritt zur Seite.

»Prosit, du neues Jahr«, flüsterte sie und nahm einen kleinen Schluck. Es prickelte auf der Zunge und im Hals. Sie hielt ihr Glas hoch, schaute hindurch und sah, wie Onkel Harrys Hand über den Rücken der Mutter glitt bis nach unten und eine Art Geheimsprache führte mit dem Rock der Mutter, der sich dort spannte. Schnell schaute sie weg, hielt das Glas noch höher und sah, wie sich in den aufsteigenden Bläschen das rote Licht der vor dem Fenster aufsteigenden Leuchtraketen widerspiegelte.

»Frohes neues Jahr«, sagte der Vater und drückte Antonia kurz die Schultern.

»Danke, dir auch«, murmelte Antonia.

Onkel Harry gab der Mutter einen Kuss auf den Mund.

»Was wünschst du dir denn?«, fragte der Vater leise neben ihr.

Antonia umfasste das Glas fester.

»Ich möchte wieder auf den Baum klettern«, brach es aus ihr hervor. Doch bereits während Antonia es sagte, wusste sie, dass die Zeit des Bäumekletterns vorbei war.

2

Auf der Straße wurden Böller und Raketen gezündet. Alle gingen hinaus, bepackt mit vollen Taschen.

Antonia blieb zurück. Sie wollte allein sein, wenigstens einen Augenblick, sie wollte nicht die Bewunderung nachahmen und sich in gespieltem Schrecken die Ohren zuhalten wie die anderen. Sie wollte nicht mit den Nachbarn gute Wünsche tauschen und zusehen, wie der Vater Tim half Vulkane und Knaller anzuzünden.

Antonia stand am Fenster zur Straße und betrachtete die dunklen Gestalten, die mit Flaschen und langen Stangen hantierten. Streichhölzer flammten auf und gingen zu früh wieder aus, Raketen stiegen hoch, stoben rot und grün und weiß auseinander und verglühten in der Dunkelheit.

Im Radio, das niemand ausgestellt hatte, endete das Glockengeläut mit langen Schlägen. Eine Ansagerstimme sprach. Dann erklangen Töne, zart und doch deutlich und klar, sie teilten sich in zwei, in drei Stimmen, kamen aufeinander zu und entfernten sich wieder wie die Leuchtraketen oben am Himmel. Tiefe Töne folgten und schienen einen sicheren Weg aufzuzeigen für alle, die der Musik lauschten.

Antonia stockte der Atem. Hier stand sie im dunklen Zimmer, die Musik erfüllte den Raum, die Luft, das Haus um sie herum, es war, als würden die Wände atmen, sich sanft im Rhythmus der Töne heben und senken wie die Lenden eines großen schlafenden Tieres, und sie selbst war Teil davon, Teil dieser Musik, sie gehörte dazu.

Eine Leichtigkeit erfüllte sie. Sie nahm ihre eigene

Stimme wahr, die ganz selbstverständlich der Melodie gehorchte und leise mitsang, und erst als ihr dieser Gleichklang bewusst wurde, verstummte sie bestürzt.

Musik. Wie schön war es, Musik zu hören!

Wie schön war es, mitzusingen!

Antonia ging zum Radio und stellte es noch lauter. Die Bässe dröhnten im Gehäuse des alten Gerätes, die oberen Töne ließen die Stoffbespannung vibrieren, das grüne Auge des altmodischen Apparates strahlte in die Dunkelheit und schien über allem zu wachen.

Doch dann waren Stimmen zu hören, die Tür sprang auf, blendend drang Licht ins Zimmer, mit ein paar Schritten war die Mutter am Radio und hatte den Knopf gedrückt, das grüne Auge erlosch.

Die Stille dröhnte im Haus. Das große Tier zog sich zurück und die Wände schienen enger zu stehen als jemals zuvor. Es schien, als suchte die Musik sich einen anderen Ort, und hier war nichts mehr zu hören außer Mutters scharfem Einatmen und dem mühsam gepressten Satz: »Wie konntest du nur!«

Schützend hob Antonia den Arm vor das Gesicht. Niemand sollte sie jetzt sehen. Ihr war, als hätte jemand sie von einem hohen Berg hinabgestoßen, sie fiel und fiel und es gab keinen Halt.

»Ich will mich nur ein bisschen ausruhen«, war die matte Stimme der Großmutter zu hören.

»Wo ist die Pillendose?«

Hektisch lief Tante Silke durchs Zimmer und machte überall das Licht an.

»Komm mit nach oben«, hörte sie die Mutter jetzt sagen. »Ruh dich oben aus. Der Arzt hat dir doch für heute die Tabletten gegeben, oder etwa nicht?«

»Ich könnte doch auch einmal ohne ...«, wandte die Großmutter ein, doch ihre beiden Töchter führten sie bereits zur Treppe nach oben, die Schritte entfernten sich, ein sich verziehendes Donnergrollen.

Ohne die Melodie, ohne die ruhigen, tiefen Töne spürte Antonia plötzlich ihre Einsamkeit. Angestrengt horchte sie auf einen Nachhall, ein fernes Echo an den Wänden oder nur in ihrem Inneren. Doch alles schwieg. Kein Ton ließ die Luft erzittern, kein Klang belebte den alten Apparat zu einem stoffbezogenen, einäugigen Lebewesen, das über sie wachte. Es war vorbei.

Antonia schlang die Arme um die Beine und legte den Kopf auf die Knie. Dennoch war da etwas in ihr, das immer noch bebte. Eine Ahnung, ein Wunsch, ein vages Hoffen. Worauf? Dass sie irgendwann wieder das Radio anstellen konnte? Warum nicht jetzt gleich?

Doch das war unmöglich. Nicht noch einmal diesen Aufruhr. Es reichte schon so, was jedes Jahr aufs Neue an Silvester ablief.

Oben waren Schritte zu hören, ein Stuhl wurde gerückt.

»Ich will noch nicht, *ich will noch nicht*!«

Schrill drang Tims Stimme durch den Flur. Auch Vanessa quengelte unzufrieden. Onkel Harry und der Vater schoben die Kinder vor sich ins Zimmer.

»Schaut mal, da ist Antonia«, sagte Onkel Harry erfreut. »Die ist auch schon wieder drinnen. Jetzt machen wir ein kleines Spiel und dann ab ins Bett mit euch.«

Der Vater schickte einen bittenden Blick zu Antonia. Du gehst doch mit hoch, oder?, sollte das heißen. Natürlich. Mal wieder brauchte der Vater ihre Unterstützung, wenn es darum ging, Tim ins Bett zu kriegen. Mit der

Mutter konnte heute sowieso keiner mehr rechnen. Die würde oben bleiben und vor morgen Mittag nicht wieder auftauchen. Wie jedes Silvester.

»Ich will aber nicht!«, schrie Tim jetzt wütend. »Ich will noch draußen bleiben und knallen!«

Onkel Harry zog ihn zu sich heran. »Hör mal, du kleines Scheusal. Wir haben doch alle Knaller verballert und außerdem ist es spät. Morgen ist auch noch ein Tag. Also, kommt her, ich lese euch noch ein bisschen vor, oder wollen wir doch lieber Mau-Mau spielen?«

»Ich will aber, dass *Mami* mich ins Bett bringt!«, jammerte Tim und wand sich aus Onkel Harrys Armen. »Warum bringt Mami mich nicht ins Bett!«

»Vorlesen«, sagte Vanessa und kuschelte sich auf Onkel Harrys Schoß.

»Warum kommt Mami nicht!«, schrie Tim wütend und stampfte mit dem Fuß.

»Toni geht mit dir und Vanessa hoch, und dann spielt ihr noch leise was zusammen oder hört eine Kassette, okay?« In der Stimme des Vaters war nun ein flehender Ton zu hören.

»*Mami!*«, zeterte Tim, der genau spürte, dass es keine Alternative gab.

Antonia dachte an den Baum im Garten und an die Musik, die eben noch ihre Welt ins Wanken gebracht hatte. Und jetzt sollte sie einfach mit dem kleinen Bruder zusammen ins Bett gehen wie eine Fünfjährige? Wut und Scham ließen ihre Wangen rot werden. Warum hielt der Vater nicht auch einmal zu ihr? Warum sagte er nicht: »Die Kleinen gehen jetzt mal ins Bett und wir Großen machen es uns richtig gemütlich, stimmt's, Toni?«

»Ich finde, Tim hat Recht«, sagte sie auf einmal sehr laut. »Warum bringt Mami ihn nicht ins Bett?«

Der Blick des Vaters ließ sie erschaudern. Seine Augen verdunkelten sich, sein Mund nahm einen scharfen Zug an und die Hände fuhren fahrig durch die Haare.

»Das weißt du doch«, sagte er kurz und schaute weg.

»Was weiß ich?«, fragte Antonia zurück. Plötzlich machte es ihr nichts mehr aus, dass ihre Stimme fremd und kalt klang.

»Komm, lasst uns nicht darüber reden«, sagte nun Onkel Harry und hob beschwichtigend die Hände. »Ihr wisst doch, der Silvesterabend ist immer am schlimmsten. Also?«

Fragend schaute er in die Runde.

»Was heißt hier ›am schlimmsten‹?«, rief Antonia, die Stimme der Mutter noch im Ohr. *Wie konntest du nur!* Wie konnte sie sie nur so verletzen!

»Für wen ist es denn hier am schlimmsten!«, rief sie noch dazu und hörte ihre eigene Stimme aus ihrem Mund fortfliegen wie einen Vogel, den man nicht mehr zurückholen kann. Sofort tat es ihr Leid. Sie wusste nur allzu gut von der Sache mit Onkel Robert. Aber das war ihr plötzlich egal. Sie wollte noch aufbleiben, basta!

»Mami und Tante Silke ...«, fing der Vater an und stockte.

Jetzt erhob sich Onkel Harry, ging zum Tisch und schenkte sich einen ordentlichen Schluck ein. Dann kehrte er zum Sofa zurück, trank, stellte das Glas umständlich ab und sagte langsam: »Ihr wisst doch, dass Onkel Robert vor vielen Jahren am Silvesterabend gestorben ist. Also ist es ein trauriger Abend, jedenfalls für Großmutter und Tante Silke und eure Mutter. Und jetzt kommt her zu mir aufs Sofa, ich lese euch noch schnell die Geschichte von den drei Brüdern vor.«

Aus den Augenwinkeln sah Antonia, wie ihr Vater sich müde über die Augen fuhr und dann nach einer Zigarette griff. Eigentlich rauchte er schon lange nicht mehr. Umso mehr erschrak Antonia. Jetzt hatte sie allen den Abend verdorben und den Vater auch noch zum Rauchen gebracht.

Später schlich sie mit Vanessa und Tim die Treppe hoch, vorbei am Zimmer der Großmutter, wo auch die Mutter und Tante Silke schliefen, wenn alle hier zu Besuch waren. Kurz horchte sie an der Tür, glaubte ein Raunen oder Schluchzen zu hören, aber das war vielleicht nur Einbildung. Die drei gingen in das ehemalige Mädchenzimmer, wo Silke und die Mutter früher gewohnt hatten. Dort standen zwei Betten, für Tim war eine Luftmatratze bereitgelegt. Sofort stellte Tim den Kassettenrecorder an. Die Melodie von Karlsson vom Dach ertönte, Vanessa schlang die Arme um Antonia und fragte, ob sie bei ihr mit im Bett schlafen dürfte. Tim rollte sich in seinen Schlafsack ein, und während draußen noch vereinzelt Raketen heulten und Böller krachten, schliefen die beiden Kleinen zu der Stimme von Lillebror allmählich ein.

Nur Antonia lag noch wach, spürte den kleinen Körper warm neben sich atmen und lauschte durch die Wand. Stille. Bestimmt hatte die Großmutter ihre Tabletten genommen und schlief jetzt fest.

Und die Mutter? Antonia stellte sich vor, dass die Mutter in ihrem Bett lag und weinte. Schnell versuchte sie an etwas anderes zu denken. Sie schob Vanessa zur Seite, schlich sich zum Fenster und schaute lange hinaus. Hin und wieder stiegen noch Raketen, die Dächer und Fenster glänzten dann kurz in ihrem Licht. Der Aufruhr hatte sich gelegt.

Antonia ging zu ihrem Kleiderhaufen auf dem Stuhl und tastete nach der Hosentasche. Der Schlüssel lag noch darin. Plötzlich schlug ihr Herz wild gegen die Rippen. Sie zog den Schlüssel heraus. Kurz sah sie sich eine Tür öffnen und schließen, ein Raum war da, nur für sie, und niemand konnte sie dort finden. Sie hatte einen Schlüssel für die Tür im Keller und niemand wusste davon.

3

Als der nächste Morgen dämmerte, fühlte Antonia sich wie gerädert. Deutlich erinnerte sie sich an die Schritte von Onkel Harry und dem Vater, die irgendwann in der Nacht die Treppe hochpolterten. Ihre Stimmen klangen betrunken. Noch später war jemand im Bad gewesen. Die Spülung rauschte, dann waren unterdrückte Stimmen zu hören. Ob die Großmutter aufgewacht war trotz ihrer Tabletten? War jemandem schlecht geworden? Sollte sie vielleicht aufstehen und nachschauen?

Doch Antonia war bewegungslos in ihrem Bett liegen geblieben. Sie musste an Onkel Harrys Hand auf Mutters Rücken denken. Und an Mutters Satz. *Wie konntest du nur.* Nein, Antonia wollte nichts mehr wissen von den Erwachsenen. Sie wollte nur in Ruhe gelassen werden.

Als die Geräusche im großen Haus der Großmutter verstummten, konnte sie wegen Vanessa nicht wieder einschlafen. Sie drückte Antonia ihre Beine in den Bauch oder ihren Kopf gegen die Brust. Schließlich war Antonia aufgestanden und hatte sich in Vanessas Bett gelegt, wo sie zwischen den kalten Laken in einen unruhigen Schlaf gefallen war.

Und nun kam der Morgen und mit ihm das neue Jahr.

Antonia schlug die Augen auf. Grau kroch das Morgenlicht herein und ließ die Gegenstände im Zimmer seltsam unwirklich aussehen, nicht hell und nicht dunkel, nicht klar und nicht verschwommen. Ein Dazwischen war es, eines zwischen Tag und Nacht, zwischen Hell und Dunkel, zwischen Jetzt und Gleich.

Genauso fühlte Antonia sich. Dazwischen. Zwischen dem Baum und dem Radio.

Widerwillig verzog sie das Gesicht. Gab es hier einen Spiegel? Doch was zeigte ein Spiegel schon. Ein langweiliges Gesicht, ein normales dummes Gesicht, ein …

Plötzlich fiel ihr der Schlüssel ein.

Mit einem Satz war sie aus dem Bett und angezogen. Ein Blick auf die beiden Kleinen genügte. Sie schliefen noch tief und traumlos. Auf der Treppe knarrten die Stufen. Antonia konnte sich nicht entsinnen, dass sie jemals so laut geknarrt hatten. Doch nichts im Haus rührte sich. Es war noch sehr früh und es war Neujahrsmorgen. Vor ein Uhr mittags würden die Erwachsenen nicht aufstehen. Sie hatte also genug Zeit, in den Keller zu gehen.

Dort befand sich nicht nur die große Küche, die Heizungsanlage und eine Toilette. Es gab noch einen dritten Raum neben der Küche. Er war immer abgesperrt. Es hieß, dort hätten Kohlen gelagert. Aber längst war die Heizung auf Öl umgestellt und der Raum blieb verschlossen. Bestimmt gehörte der Schlüssel zu dieser Tür.

Antonia schlich die beiden Treppen hinunter, vorbei am Wohn- und Esszimmer, vorbei an der alten Uhr, die im Treppenhaus hing und gerade achtmal schlug. Antonia erstarrte vor Schreck. Doch das Haus schlief weiter und die Schläge verklangen.

Antonia zögerte einen Moment, ehe sie weiter die Stufen hinunterging. Je tiefer sie kam, desto mehr beschlich sie das ungute Gefühl, etwas wirklich Verbotenes zu tun. Was, wenn sie etwas Grässliches entdeckte?

Aber dann fiel ihr nichts ein, was wirklich furchtbar sein konnte. Ihr fiel eigentlich auch nichts Verbotenes ein. Wahrscheinlich lagen dort nur alte Sachen rum, die niemand wegzuwerfen Lust oder Zeit gehabt hatte. Dennoch spürte sie ihr Herz klopfen, als sie endlich vor der Holztür stand und den Schlüssel vorsichtig ins Schloss steckte. Passte er?

Sie hatte sich nicht getäuscht. Der Schlüssel passte haargenau ins Schloss.

Langsam drehte sie ihn. Doch dann schien etwas zu klemmen. Der Schlüssel rührte sich nicht mehr. Mit aller Kraft versuchte Antonia ihn wieder herauszubekommen. Antonia zog die Tür heran und drückte sie hoch. Da, endlich tat es einen Ruck und der Schlüssel gehorchte. Die Tür sprang auf.

Der Raum war finster wie die Nacht. Antonia tastete nach einem Lichtschalter, drückte ihn, doch nichts geschah. Sie öffnete die Tür noch weiter. Das Licht vom Kellerflur fiel matt durch die Tür herein. Gab es hier gar keine Lampe?

Sie ging ein paar Schritte hinein in das Dunkel. Rechts und links standen alte Stühle, ein Tisch, darauf Kartons, stapelweise Bücher.

Sie hatte Recht. Alles Sperrmüll. Enttäuscht ging Antonia um den Tisch herum. Hier war es noch finsterer. Vielleicht sollte sie eine Taschenlampe suchen. Oder die Tischlampe von oben holen. Ob es hier eine Steckdose gab?

Eines jedenfalls ist klar, dachte Antonia, in diesem Kellerzimmer haben niemals Kohlen gelagert. Also musste doch etwas Geheimnisvolles an dem Zimmer sein. Warum sonst lag der Schlüssel oben bei der Großmutter im Nachtschränkchen? Warum hing er nicht im Flur neben der Garderobe, wo auch die Schlüssel zum Briefkasten und für die Kellerhaustür hingen?

Vorsichtig ging sie weiter, an einem Puppenwagen vorbei, streifte dicke Stapel von Zeitungen, ein alter Sessel stand da, dahinter Berge von Kissen, Decken, alten Kleidern. Antonia drehte sich um und ließ den Blick abschätzend zur Tür schweifen. Vielleicht konnte sie sich hier unten ein geheimes kleines Zimmer einrichten. Ein bisschen aufräumen, eine Lampe, das könnte gehen. Sie kniff die Augen zusammen. War dort hinten ein Schrank? Eine große Kommode? Wenn ja, war bestimmt etwas darin versteckt.

Antonia näherte sich der gegenüberliegenden Wand. Haufen von Altkleidern lagen direkt vor dem langen, hohen Möbel. Es stand an der Wand und war mit einem dicken braunen Schonbezug bedeckt. Antonia zog einen Arm voll Kleider beiseite, beugte sich vor und suchte nach Schubladen unter dem Bezug. Doch da waren keine Schubladen. Stattdessen ragten unten zwei goldene Füße hervor.

Mit einem kleinen Aufschrei stürzte Antonia über Kissen und Decken und zerrte atemlos an dem braunen Schonbezug. Sie hob ihn hoch und eine Staubwolke wirbelte auf. Langsam zog sie den Bezug über Ecken und Kanten und dann stand es vor ihr, schwarz und etwas fleckig, der Deckel wölbte sich rund und viel versprechend, unten glänzten die Pedale im Dunkeln.

Vor ihr stand ein Klavier.

Lange starrte Antonia auf den schwarzen Kasten. Schließlich strich sie sanft über den Deckel und hob ihn vorsichtig an. Darunter lag ein Tuch auf der Tastatur.

Wie kostbar!, dachte sie. Behutsam, als könnte sie das Instrument womöglich wecken, schloss sie den Deckel wieder. Später würde sie sich alles noch ganz genau ansehen. Jetzt brauchte sie erst einmal Licht.

Antonia begann die alten Kleider und Kissen in einer anderen Ecke des Kellers zu lagern. Einen Teil stopfte sie unter den Tisch, der Rest kam auf den Sessel. Dann lief sie die Treppe nach oben hoch, um aus dem Wohnzimmer die Tischlampe zu holen.

Auf dem Tisch stand noch alles genauso wie am Vorabend. Der Teller mit dem ausgebrannten Zylinder, dessen Ascheschlange inzwischen zerfallen war. Die Schüssel mit dem Wasser fürs Bleigießen, der verrußte flache Löffel, Gläser, Luftschlangen, selbst Antonias Bleischlüssel lag dort auf dem Tischtuch.

Doch Antonia schaute kaum hin. Dies alles war vergangen. Jetzt war etwas anderes wichtig. Sie nahm die kleine Tischlampe vom Beistelltisch, zerrte auch das Verlängerungskabel hervor und lief wieder hinunter. Hatte sie noch Zeit genug?

Ein Blick auf die Pendeluhr im Treppenhaus sagte ihr, dass noch nicht einmal eine halbe Stunde vergangen war. Tatsächlich? Kaum eine halbe Stunde und irgendwie schien das ganze Leben so anders, so spannend und überwältigend!

Immer zwei Stufen nehmend lief sie die Treppen hinunter an der Küche vorbei in den Kellerraum und stellte die kleine Lampe auf das Klavier. Doch es gab keine Steckdose. Sie musste die vom Flur nehmen. Antonia zog das Kabel über die Schwelle und lehnte die Tür an. Die kleine Lampe verbreitete einen warmen Lichtschein, der über das Klavier und die gestapelten Kisten rechts und links fiel. Dann stellte Antonia einen der Stühle vor das Klavier.

So. Nun war alles perfekt.

Sie setzte sich auf den Stuhl und betrachtete aufmerksam das Klavier. Sein schwarzer Kasten hatte in der Mitte ein länglich eingelassenes Oval als Zierde. An den Seiten war der Lack fleckig und abgegriffen. Langsam öffnete sie den Deckel und befühlte das Tuch, das die Tastatur bedeckte. Dann zog sie es feierlich zur Seite. Weiße und schwarze Tasten kamen zum Vorschein. Einige schimmerten weiß und klar, andere waren ein wenig gelblich, manche sahen zersprungen aus.

Antonia entdeckte das Notenbrett im Deckel und klappte es herunter. So ging das also. Sehr praktisch. In der Schule stand ein Flügel im Musikraum mit einem Notenbrett obendrauf. Um zu probieren, wie das Klavier mit Noten aussah, suchte Antonia eine alte Zeitung und legte sie darauf.

Es sah fast echt aus. Nun hob sie ihre Hände und berührte mit den Fingern einzelne Tasten. Wie das wohl klänge? Antonia ließ die Finger laufen, griff stumm einige Akkorde, wie sie es bei dem Musiklehrer in der Schule gesehen hatte. Sie beugte sich über die Hände und bewegte den Körper dazu im Takt, eine Melodie erklang in ihrem Innern und ihre Hände schienen sie zu erzeugen. Wie schön wäre es, richtig spielen zu dürfen!

Abrupt ließ sie die Hände sinken. Mit einem Schlag war der Zauber des Augenblicks vorbei. Richtig spielen dürfen?

Sie kannte nur die paar Noten, die man im Musikunterricht lernte. Sie wusste nicht, wie man die eine und die andere Hand zusammen bewegen konnte. Sie hatte keine Ahnung, wie man Noten für zwei Hände gleichzeitig las. Und noch schlimmer: Dieses Klavier würde niemals auch nur einen Ton von sich geben dürfen. *Wie konntest du nur!* Nie, und das wurde Antonia jetzt erst klar, nie wurde zu Hause bei ihnen Musik gehört. Vielleicht hatte sie deshalb immer nur auf ihrem Baum gesungen.

Aber warum eigentlich?, dachte Antonia.

Nachdenklich strich sie über die Tasten. Wenigstens einmal wollte sie ausprobieren, wie es war, auf dem Klavier zu spielen.

Unsicher schaute sie zur Tür. Sie war so gut wie zu. Vielleicht konnte sie die Töne irgendwie dämpfen.

Antonia stand auf, stellte die Lampe auf eine der Kisten und klappte das Klavier oben auf. Die Saiten und die dazugehörigen Hämmer waren zu sehen. Ob man mit Tüchern die Saiten dämpfen konnte?

Antonia nahm das Tuch, das auf den Tasten gelegen hatte. Dann holte sie noch ein paar alte Handtücher und ein zerschlissenes Laken. Alles zusammen bettete sie vorsichtig oben auf den Rahmen des Klaviers, dann machte sie den Deckel wieder zu. Sie legte die rechte Hand auf die Tasten und drückte sie nacheinander.

Gedämpft quollen die Töne hervor. Einige konnte sie nicht anschlagen. Offenbar hatten die Tücher den Hammer blockiert. Antonia öffnete den Klavierdeckel und holte die Tücher wieder heraus. Nun legte sie nur eine dünne Schicht obendrauf und sorgte dafür, dass nichts zwischen Hämmer und Saiten fiel. Dann probierte sie es noch einmal.

Nun waren die Töne viel besser zu hören. Leise und ein wenig verstimmt drangen sie aus dem dunklen Kasten wie aus einer anderen Zeit. Antonia schloss die Augen, drückte ganz links die tiefen Töne, ließ sie ausklingen, dann ganz rechts die hohen Töne.

Dann versuchte sie nur die schwarzen Tasten. Das klang fast chinesisch. Nun nahm sie die linke Hand hinzu, drückte zwei schwarze Tasten, die schön zusammen klangen, und spielte mit der rechten Hand weiter die schwarzen Tasten hintereinander.

Mussten Musikschüler nicht immer Tonleitern üben? Antonia legte die rechte Hand in die Mitte der Tasten und drückte eine nach der anderen. Doch nach fünf Tönen musste sie die Hand umständlich weiterbewegen. Warum hatte man nur fünf Finger? Wie schafften es Pianisten, dass man gar nicht hörte, wenn sie die Hand weiterbewegten?

Bestimmt gab es einen Trick dafür, dachte Antonia und versuchte die Finger übereinander zu schieben. Das funktionierte überhaupt nicht. Vielleicht untereinander? Sie spielte bis zum Mittelfinger und schob dann den Daumen darunter entlang. Nun konnte sie wieder fünf Töne weiterspielen. Und wenn sie immer nur bis zum Mittelfinger spielte und dann den Daumen darunter setzte, konnte sie das ganze Klavier bis nach oben spielen.

Versunken ließ sie die rechte und die linke Hand über die Tastatur laufen, probierte Töne und Klänge aus und lauschte ihnen, bis sie verklungen waren.

Plötzlich kamen Stimmen vom Flur.

Und Schritte.

Antonia hob den Kopf. Ihre Hände hielten inne.

Die Kleinen kamen die Treppen herunter.

Antonia saß im Finstern und hielt den Atem an. Wild spürte sie ihr Herz schlagen. Wenn Tim und Vanessa sie hier entdeckten, war alles vorbei.

Die Stimmen der Kinder kamen näher. Ihre Schritte

waren schnell und leicht, fast war es, als stürzten sie die Treppe herunter.

»Und gleich gehen wir raus und sammeln!«, rief Tim begeistert.

Antonia zuckte zusammen, so nah war er.

»Wir brauchen nur noch was zum Reintun«, rief Vanessa zurück.

Sie schien bereits in der Küche zu sein. Schranktüren klapperten, Schubfächer wurden gezogen.

Hoffentlich fällt ihnen nicht das Kabel auf, das in der Steckdose gleich neben der Küche steckt, dachte Antonia und duckte sich auf ihrem Stuhl. Ganz langsam nahm sie die Zeitung vom Notenbrett und ließ den Deckel über die Tastatur herab. Niemand durfte wissen, dass sie das Klavier berührt hatte!

»Hier, ich hab was«, schrie Tim aufgeregt. Jetzt waren trappelnde Schritte zu hören, die beiden liefen wieder hinauf, die Haustür schlug zu.

Erleichtert richtete Antonia sich auf, knipste die Lampe wieder an und öffnete den Deckel. Doch irgendwie traute sie sich nun nicht mehr, auf dem Klavier zu spielen. Es war, als hätten die beiden Kleinen den Zauber zerstört.

Still saß sie da und schaute die Tasten an. Wer wohl darauf gespielt hatte. Vielleicht der Großvater? Er war früh gestorben, lange vor Antonias Geburt. Die Mutter erzählte nur selten von ihm.

Dann fiel ihr Blick auf die Zeitung in ihrer Hand. Kein Mensch spielt Musik zu Zeitungen. Wo waren die Noten?

Suchend schaute sie sich um. Wo sollte sie anfangen?

Sie entschied sich für die Kartons gleich neben dem

Klavier. Mit aller Kraft zerrte sie die obersten herunter. Dabei entdeckte sie in der Wand eine Steckdose. Schnell zog sie den Stecker aus dem Verlängerungskabel und steckte ihn in den Wandanschluss. Endlich konnte sie die Tür schließen.

Dann öffnete Antonia den Karton. Alte Bücher. Romane. Pädagogische Lehrbücher. Psychologische Nachschlagewerke. Ganz unten ein paar uralte Kinderbücher. Der zweite Karton war schon interessanter. Dicke Notenbücher mit Opern lagen darin: Aida, Die Entführung aus dem Serail, Die Zauberflöte. Antonia legte alle Opernbücher heraus, stapelte sie. Endlich kamen Klaviernoten: Etüden von Chopin, Sonaten von Beethoven und Schubert, Französische Suiten von Bach, ein zerfleddertes Heft mit dem Titel »Kriegsausgabe – Das wohltemperierte Klavier«. Ganz unten schließlich fand sie ein kleines graues Büchlein im Querformat. »Meine erste Klavierschule«.

Antonia legte das Buch aufs Klavier. Genau das war es, wonach sie wohl gesucht hatte.

Zufrieden räumte sie alles wieder ein, doch der erste Karton war zu schwer zum Hochstapeln. Also ließ sie ihn einfach auf dem Boden. Dort stand er genauso gut. Es sah aus, als wäre alles seit hundert Jahren nicht berührt worden.

Nur das Klavier nicht. Das strahlte irgendwie, eingehüllt vom Licht. Es war wieder zum Leben erweckt worden. Antonia atmete tief ein und wieder aus, dann schloss sie den Deckel, hob den Schonbezug hoch und ließ ihn über das Klavier gleiten.

»Tut mir Leid«, flüsterte sie, »aber ich komm bald wieder.«

Dann ging sie hinaus, verschloss die Tür und steckte den Schlüssel in die Hosentasche. Das Verlängerungskabel und die Lampe brachte sie ins Wohnzimmer zurück, dann lief sie noch höher in das Mädchenzimmer und versteckte das Notenbuch in ihrem Rucksack.

»Meine erste Klavierschule«, murmelte sie leise und stopfte den Schlafanzug um die Noten herum.

Sie trat ans Fenster. Die Straße glänzte nass im Morgenlicht und war übersät mit Knallern und Raketen. Weiter hinten sah sie Tim und Vanessa, die eifrig hin und her liefen und ihre Trophäen in einem Korb sammelten. Überschwänglich öffnete Antonia das Fenster und winkte den beiden zu, obwohl die Kinder sie überhaupt nicht beachteten.

Was für ein schöner Morgen, dachte Antonia. Was für ein schöner Neujahrstag! Und ohne es zu merken, begann sie eine kleine Melodie zu summen.

4

Der Morgen dehnte sich endlos und herrlich. Wie träge Wellen rollten die Stunden heran, die Uhr im Treppenhaus schlug erst zehn, dann elf, schließlich zwölf, und dazwischen erklangen die Viertelstunden, sodass Antonia das Gefühl hatte, die Uhr würde sie durch den Tag tragen.

Sie lag auf Tims Luftmatratze und wollte in ihr Tagebuch schreiben. Doch als sie begann über den Schlüssel zu schreiben, blieb ihre Hand einfach still und bewegte sich nicht weiter. Nein. Es war unmöglich, darüber zu schreiben. Nicht über den Schlüssel und schon gar nicht über das Klavier. Vielleicht über den Abend vorher. Aber was gab es da zu schreiben? *Wie konntest du nur!* Nein, lieber nicht.

Also packte Antonia ihr Tagebuch wieder in den Rucksack und tastete dabei nach dem kleinen Notenbuch. Vielleicht sollte sie es sich ansehen? Sicher würde sie niemand stören. Die Kleinen sammelten draußen Böllerreste und abgebrannte Raketen, die waren beschäftigt.

Vorsichtig zog Antonia das Buch hervor.

Der Umschlag war aus Leinen, grau und schmutzig sah er aus. Die Seiten waren gelblich mit zerfledderten Rändern. »Meine erste Klavierschule«, las sie noch einmal. In eine Schule ging man, um zu lernen. Ob man mit diesem Buch Klavierspielen lernen konnte? Auf der ersten Seite war die Tastatur eines Klaviers abgebildet. Und auf jeder weißen Taste stand ein kleiner Buchstabe, genau in der Mitte der Tasten war ein dicker Strich, darunter stand rechts: rechte Hand, und links: linke Hand. Der dicke Strich wies auf eine Taste mit dem Buchstaben c. Auch die schwarzen Tasten hatten alle Namen.

Verwirrt blätterte Antonia weiter. Zum Glück war da wieder ein Bild von den Tasten und darüber eine Notenlinie. Offenbar lernte man hier, welche Taste zu jeder Note gehörte.

Ohne mehr verstehen zu können, blätterte Antonia das gesamte Heft durch und sah, dass später sogar Kreuze und kleine b vor den Noten erschienen. Ob sie das alles ganz ohne Klavier lernen konnte?

Plötzlich stockten ihre Gedanken. Ohne überhaupt darüber nachgedacht zu haben, schien sonnenklar, dass sie die Noten lernen würde. Und nicht nur das. Sie würde lernen, welche Note zu welcher Taste gehörte, und sie würde auch lernen all die kleinen Musikstücke aus diesem Buch zu spielen. Auf dem Klavier.

Von unten war ein kurzer und heftiger Knall zu hören.

Das Haus ächzte und schien sich zu dehnen, als wären ihm seine Mauern zu eng geworden, die Tür klapperte in den Angeln, das Fenster vibrierte. Dann war es still.

Erschrocken sprang Antonia auf. Galt diese Antwort ihr?

Wem sonst. Das Haus musste das verborgene Klavier schützen. *Das darfst du nicht!*, schien es zu brüllen. *Niemand soll es auch nur berühren!*

Doch dann war Tims Stimme zu hören. Er schrie nach der Mutter.

Die Kleinen!, schoss es Antonia durch den Kopf. Bestimmt hatten sie einen Böller im Haus gezündet. Die dummen Kleinen! Entsetzt und seltsamerweise zugleich erleichtert rannte sie zur Tür und die Treppen hinunter. Es waren nur die dummen Kleinen.

»*Mama!*« Das war Tim.

»*Papa!*« Das war Vanessa.

Antonia stürzte die Treppen nach unten. Ein beißender, verbrannter Geruch stieg ihr in die Nase. »Tim?«, schrie sie. »Vanessa? Was habt ihr gemacht?« Die letzten Stufen sprang sie hinunter und fand die beiden im Kellerflur hocken. Weinend warfen sie sich Antonia entgegen und pressten ihre völlig verrußten Gesichter in ihren Pullover.

»Was ist passiert?«, rief Antonia und schob die Gesichter von sich, um sie genauer zu betrachten. »Tut es weh?«

Panisch wischte sie über die verkohlten Augenbrauen der beiden und schob die Finger in die verkrümelten, übel riechenden Haarreste über der Stirn.

»Ich …«, wimmerte Tim, »wir …«

Auch Vanessa konnte keinen klaren Satz herausbringen.

Verwirrt nahm Antonia die verschlossene Kellertür schräg gegenüber wahr. Das Klavier, schoss es ihr durch den Kopf, das Klavier ist hoffentlich unversehrt! Sofort hatte sie ein schlechtes Gewissen. Wie konnte sie an das Klavier denken, wo doch Tim und Vanessa verletzt waren!

Hektisch schleppte sie die beiden nach oben ins Bad, setzte sie dort auf den Klodeckel und rannte ins Zimmer der Großmutter. Offenbar hatten die drei Frauen nichts gehört. Sie schliefen, das Fenster war verdunkelt und die Luft verbraucht.

»Mama, wach auf«, sagte Antonia zur Mutter und rüttelte sie an der Schulter. »Wach auf, Mama, Tim hat sich verbrannt. Komm schnell!«

Stöhnend drehte die Mutter sich um, wühlte die Hände aus der Decke und rieb sich die Augen. »Was sagst du da?«, fragte sie dann und richtete sich mit einem Ruck auf. Dann war sie schon aus dem Bett.

»Vanessa auch!«, rief Antonia hinter ihr her. »Soll ich Tante Silke wecken?«

Doch die Mutter war bereits aus der Tür und im Bad. Sofort drang Geheul herüber. Beim Anblick der Mutter fing Tim immer extra an zu weinen.

Tante Silke war von Tims Geschrei wach geworden, sie sprang aus dem Bett und lief ebenfalls ins Bad. Antonia stand im Zimmer der Großmutter und zögerte. Das Bett der Großmutter stand am Fenster. Ihr Nachttisch sah aus wie gestern, die kleine Pillendose stand da, ein Glas Wasser, der Wecker. Die Großmutter rührte sich nicht. Plötzlich spürte Antonia den Schlüssel heiß in ihrer Hosentasche.

Wer hat auf dem Klavier gespielt, Oma?, dachte sie und trat noch einen Schritt näher zum Bett der Großmutter. Doch dann hörte sie die Stimme der Mutter.

»Warum hast du nicht besser auf die beiden aufgepasst!«, zischte sie mit unterdrückter Wut in der Stimme.

Antonia zuckte zusammen wie unter Schlägen. *Wie konntest du nur!* Und das Schlimmste war: Die Mutter hatte Recht! Warum nur hatte sie nicht aufgepasst? Waren Tim und Vanessa verletzt?

Tante Silke schob die Mutter beiseite. »Hör auf! Sie kann doch nichts dafür«, murmelte sie leise und nahm Antonias Hand. »Komm, lassen wir Großmutter noch schlafen. Wie haben die zwei das nur wieder geschafft?«

»Wir rufen jetzt den Notarzt«, keuchte die Mutter.

»Ihre Augen sind ganz versengt. Wo bleiben nur die Männer! Das ist mal wieder typisch.«

Tante Silke versuchte die Mutter zu beruhigen. Doch die wollte sich nicht beruhigen und schickte Antonia eine Treppe höher zum Dachzimmer, wo Vater und Onkel Harry schliefen.

Mit einem Schlag brach in Antonia Panik aus. Sie hatte nicht aufgepasst! Sie hatte die Kleinen einfach vergessen und nun wurden sie bestimmt blind! Verzweifelt rannte sie die Treppe zum Dachzimmer hoch und donnerte mit der Faust gegen die Tür.

»Aufstehen! Die Kleinen haben sich verbrannt!«, schrie sie. »Mama will, dass du den Krankenwagen rufst!«

Verschlafen öffnete der Vater die Tür und rannte die Treppe hinunter. Onkel Harry folgte ihm. Schon hatten beide ihre Hemden und Hosen an, der Vater fluchte, weil er die Autoschlüssel nicht fand, Tante Silke rief: »Was habt ihr bloß gemacht?«, und Tim heulte, dass sie doch nur einen alten Knaller angezündet hätten.

»So alt war der wohl doch nicht«, murmelte Onkel Harry und versuchte seine wirren Haare zu glätten.

Antonia fand die Schlüssel, der Vater nahm Tim auf den Arm, Onkel Harry trug Vanessa ins Auto. »Fahrt vorsichtig!«, rief ihnen die Mutter noch hinterher und Antonia hoffte, dass endlich die ganze Sache mit Onkel Robert vergessen war, weil heute nun auch etwas Schlimmes passiert war.

Als der Vater und Onkel Harry wenig später mit den Kindern zurückkehrten, waren alle erleichtert, dass die Kleinen nicht ernsthaft verletzt waren. Nur die Wimpern und Augenbrauen waren versengt, ebenso wie die

Haare über der Stirn. Die Augen waren zum Glück unverletzt geblieben.

»So, ihr Feuerteufel«, sagte Onkel Harry und drohte den beiden freundlich mit dem Finger. »Macht das bloß nie wieder!«

»Warum hast du nichts davon mitbekommen?«, fragte die Mutter Antonia.

Da schaute sie ruhig aus dem Fenster und sagte, sie sei im Garten noch einmal auf ihren Lieblingsbaum geklettert. Doch in ihrem Inneren sang eine leise verborgene Stimme: *Ich habe das Klavier entdeckt!*

Trotzdem nahm sie die Warnung des Hauses – und das war es doch eigentlich gewesen! – ernst. Sie würde vorsichtig sein. Ganz vorsichtig.

5

Das Neujahrsessen verzögerte sich.

Alles war bereit: Auf dem ausgezogenen Tisch im Esszimmer lag ein dickes weißes Tischtuch, das gute Geschirr aus der Vitrine war aufgedeckt, kleine Rosensträuße zierten die Mitte. Es sah wirklich festlich aus. Zufrieden zupfte Frau Köttge, Großmutters Haushaltshilfe, die sogar an Neujahr kam und kochte, die von Antonia gefalteten Servietten zurecht. Nur Onkel Paul und Tante Iris fehlten noch.

Die Mutter hielt die Warterei nicht mehr aus. Schon zweimal hatte sie den Telefonhörer in der Hand, um bei Paul anzurufen, doch Tante Silke nahm ihn ihr jedes Mal wieder weg.

»Sie kommen schon noch«, hatte sie leise gesagt, »sonst fangen wir eben ohne die beiden an.«

Doch niemand fing ohne Onkel Paul an. Die Großmutter hatte sich wieder in ihr Zimmer zurückgezogen und gemeint, man solle sie rufen, wenn Paul da wäre. Die Mutter verschwand nach oben. Der Vater baute die Betten der Kinder wieder ab. Tante Silke ging in die Küche zum Helfen. Und Onkel Harry?

Antonia horchte ins Haus hinein, ob sie irgendwo seine Stimme hörte. Doch das Haus schwieg. Und in ihren verschiedenen Zimmern schwiegen die Menschen. Nur Lillebrors Stimme klang durch die Schiebetür zum Wohnzimmer, wo die beiden Kleinen auf dem Sofa saßen und Order hatten, sich nicht von der Stelle zu bewegen.

Antonia ging zum Fenster und sah in den Garten. Die Sonne war hinter einem Schleier von Weiß und Grau versteckt und schickte ihr diffuses Licht wie durch feine Gaze herunter. Der Baum war in zarten Nebel gehüllt. Bestürzt nahm Antonia wahr, dass ganz oben in den Zweigen noch ein paar Äpfel hingen. Als hätte er die Äpfel für sie bereitgehalten. Sie aber war nicht gekommen. Sie hatte sie nicht gepflückt. Nein, schlimmer noch, sie hatte ihn soeben verraten.

Scham trieb ihr die Röte ins Gesicht. Sie horchte in die Stille des Hauses hinein, als bräuchte es nur einen einzigen Ton, und sie wäre befreit von dem elenden Gefühl des Verrates. Aber alles blieb still.

Auch das Licht im Garten sah irgendwie still aus. Antonia starrte auf ihren Baum, der nun eher aussah wie ein ganz gewöhnlicher Apfelbaum, und dachte dabei an das Klavier im Keller und daran, wie es wohl wäre, wenn seine Klänge die Stille durchbrächen und das Haus erfüllten. Deutlich sah Antonia vor sich, wie das Haus sich von unten her mit Musik füllte wie ein Gefäß mit Wasser, langsam stiegen die Töne weiter empor, bis sie das Dach erreicht hatten, dann quollen sie aus dem Schornstein heraus und liefen über das Dach in die Regenrinne und darüber hinweg an der Hauswand hinab zurück in den Keller. Und dann fing es wieder von vorne an. Und die Musik vertrieb alle schmerzenden Wörter und Gesten, die jemals in diesem Haus lebendig waren.

Die Türklingel schrillte.

Onkel Paul war da, jedoch ohne Tante Iris.

Es war die Klingel, die das Haus zum Leben erweckte. Türen klappten, Treppen knarrten, Stimmen flogen durch das Treppenhaus und in die Zimmer hinein. Die Großmutter rief schon von oben »Frohes neues Jahr« herab, der Vater rief Tim und Vanessa zum Essen, Tante

Silke rief nach Frau Köttge und schlug den kleinen Tischgong.

Antonia verließ ihren Fensterplatz und stellte sich hinter den Stuhl, auf dem sie seit Jahren beim Neujahrsessen saß. Onkel Paul kam auf sie zu, drückte sie an sich, schob sie wieder von sich und rief, wie groß und erwachsen sie geworden sei und überhaupt, wo denn die ganze Zeit geblieben sei, schwupp sei man alt und fühlte sich doch selbst noch wie sechzehn.

»Sie ist doch erst dreizehn«, meinte der Vater und zwinkerte Antonia über den Tisch hinweg zu. Doch Onkel Paul drückte sie noch einmal an sich und rief, die Jahre kämen und gingen so schnell, schwupp sei man erst dreizehn, dann sechzehn und dann fünfzig.

Antonia spürte seine kräftigen Arme, einen kurzen Moment entspannte sie sich und genoss es, gegen seinen fülligen Körper gedrückt zu werden. Es störte sie kaum, dass sein Atem nach Alkohol roch. Wenn nur alle hier im Haus so viel reden würden, dachte sie, dann wäre es leichter. Doch schon nach wenigen Minuten merkte sie, wie Onkel Pauls Redefluss sich wiederholte oder diffus blieb, das Gespräch stockte, gut, dass das Essen aufgetragen wurde. Alle lobten die köstliche Soße, die Frau Köttges Spezialität war, und klapperten mit dem Besteck.

Antonia fand es peinlich, die Kaugeräusche der anderen zu hören. Onkel Harry, der wieder aufgetaucht war und aussah wie nach einem heißen Bad, saß links neben ihr und schlug beim Kauen seine Zähne deutlich hörbar aufeinander, der Vater an ihrer anderen Seite schien jeden Bissen zehnmal im Mund zu drehen und zu wenden und schließlich doch unzerkleinert den Hals hinunterzudrücken. Sie selbst bemühte sich keinen Laut zu machen und die Essensmasse unhörbar herunterzuschlucken. Je mehr sie darauf achtete, desto weniger konnte sie kauen. Schließlich legte sie die Gabel hin.

»Iss, Täubchen, iss! Essen hält Leib und Seele zusammen!«, dröhnte Onkel Paul gegenüber. Alle sahen zu Antonia her.

Schon begann ihr Magen kleine Krampfwellen loszuschicken, als Tim und Vanessa anfingen sich um die letzten Erbsen zu streiten. Dankbar schob sie die Kartoffel hin und her und schielte zur Mutter hin, die jedoch keineswegs auf Tim und Vanessa achtete, sondern ihren Blick auf etwas anderes geheftet hatte und nicht losließ. Etwas in diesem Blick ließ Antonia erschrecken. Etwas Verzweifeltes und etwas Sehnsüchtiges lag in ihm, etwas, das Antonia nie zuvor an ihrer Mutter gesehen hatte. Langsam lenkte Antonia ihren Blick ebenfalls dorthin und erstarrte. Es war Onkel Harry, den die Mutter ansah, und Onkel Harry sah zurück.

Vorsichtig zog Antonia die Schultern ein und rückte etwas weiter zum Vater hin. Ob er etwas bemerkte? Schnell griff sie zum Löffel mit der Soße und kleckerte auf das schöne weiße Tischtuch. Doch niemand sagte etwas. Verschämt wischte Antonia an dem Fleck herum. Warum sprach denn keiner?

Schließlich fing Onkel Paul wieder an. »Iris lässt grüßen«, sagte er mit schwerer Zunge, »ihr geht es nicht gut, wie immer an Neujahr, wisst ihr? Bei euch ist es ja auch nicht anders, oder? So ganz frisch ist hier doch keiner mehr!«

Tante Silke erwiderte, er solle endlich damit aufhören. Doch Onkel Paul ließ sich nicht beirren und erklärte umständlich, er selbst würde sich einfach nur betrinken, das wäre die Sache wert und schwupp sei der Tag schon überstanden und überhaupt, das sollten sie ihm ruhig nachmachen, sehr zu empfehlen.

Antonia sah zur Großmutter, die hinten an der Stirnseite des Tisches saß und gerade an ihrem Glas Wein nippte.

»Prost, Mutter!«, rief Onkel Paul und hob sein Glas in ihre Richtung. Lächelnd, als hätte sie nichts gehört, prostete die Großmutter ihm zu und trank noch ein Schlückchen. Dann stellte sie das Glas hin und fuhr sich müde mit der Hand über die Augen.

Abrupt erhob sich Antonias Mutter und trat an den Stuhl der Großmutter. Leise redete sie auf sie ein, Antonia sah genau, wie die Großmutter erst den Kopf schüttelte, dann jedoch nickte sie sanft, als wäre sie überredet worden. Die Mutter legte die Hände auf die Schultern der Großmutter und beugte sich ein wenig vor, als würde sie von hinten die Großmutter ansprechen wollen.

»Ihr Lieben«, sagte sie zu Großmutters Hinterkopf und schaute dann in die Runde. Antonia wartete darauf, dass ihr Blick bei Onkel Harry hängen blieb, doch er glitt weiter zu ihr und dann zum Vater. »Schön, dass ihr alle wieder hier seid. Heute ist ein trauriger Tag und es ist gut, dass wir alle zusammen sein können. Wir werden jetzt Nachtisch essen und danach fahren wir alle nach Hause. Mutter ist müde und muss sich ausruhen.«

Tim reckte den Hals.

»Warum ist es heute traurig?«, krähte er und schaukelte mit den Beinen so heftig unter dem Tisch, dass die Fußspitzen von unten gegen die Tischplatte stießen und das Geschirr leise klirrte.

»Sei still und iss auf!«, sagte der Vater.

»Weil Onkel Robert tot ist«, sagte Vanessa und nickte wichtig mit dem Kopf. »Darum ist es traurig heute, stimmt's, Mami?«

Tante Silke sah kurz zur Großmutter, wie um festzustellen, was noch möglich war und was nicht. »Ist gut, Schatz, lass uns den Pudding holen, ja?«, sagte sie sanft und erhob sich.

»Hundert Punkte für den Kandidaten!«, grölte Onkel Paul und hob wieder sein Glas. »Prost, Robert, du altes Haus! Das hast du ja prima hingekriegt. Dich werden wir wohl niemals los!«

Damit schüttete er sich den Inhalt des Glases in den Rachen und erhob sich ächzend. Sein Stuhl kippte um, doch er achtete nicht darauf. »Her mit dem Sekt«, rief er in Richtung Tür, als warteten dort Heerscharen von Dienern, um ihn zu bedienen.

»Sei doch endlich still!«, zischte die Mutter zu ihm rüber. »Du bist wirklich schrecklich. Warum bist du überhaupt gekommen?«

Onkel Paul lachte schallend und hielt sein leeres Glas zur Mutter hin. »Prost, liebes Schwesterherz«, rief er, »du weißt doch, dass sie ohne mich nicht mit dem Essen anfängt. Oder war das heute anders? Ich will nur nicht, dass ihr verhungert!«

Damit vollzog er eine halbe Kehrtwende und ging schwankend mit seinem Glas vom Tisch weg.

Tante Silke eilte in die Küche, um den Nachtisch zu holen. Der Vater beruhigte Onkel Paul, Onkel Harry nahm sich noch Kartoffeln, die Mutter suchte etwas in Großmutters Pillendose. Antonia stand auf.

»Hab keinen Hunger mehr«, sagte sie leise und ging hinaus auf den Flur und die Treppe hinauf. Sie holte ihren Rucksack, nahm die Autoschlüssel aus Vaters Mantel, öffnete die Haustür und lief zum Wagen, der direkt vor dem Haus parkte. Sie schloss auf, setzte sich auf den Beifahrersitz und ließ die Tür wieder zufallen. Die aufsteigenden Tränen unterdrückte sie, indem sie sich am Radio zu schaffen machte. Ein paar Mal drückte sie Knöpfe, Stimmen, Pop, dann ein Klavier. Wie verzaubert hielt sie inne, stellte lauter. Die Musik erfüllte das Auto und Antonia versank darin wie in eine Kokonhülle, die sie immer dichter umschloss.

6

Am nächsten Tag begann es zu schneien. Zunächst fielen nur einzelne kleine Flocken, doch bald schon war die Luft undurchdringlich vom Schneegestöber und überall lag eine weiße Schicht, die rasch dicker wurde.

Antonia stand in ihrem Zimmer am Fenster und stellte sich vor, sie müsste raten, was sich unter dem dicken weißen Berg dort befand. Ein Elefant? Ein Klettergerüst? Vielleicht ein Fußballtor? Es machte Spaß, sich ganz andere Dinge vorzustellen als die, die sich dort wirklich befanden. Diese Bank zum Beispiel sah ganz genauso aus wie ein Klavier. Das wäre lustig! Ein Klavier auf der Straße. Jeder könnte mal eben im Vorübergehen innehalten und ein paar Takte darauf spielen. Und sie selbst könnte jeden Tag dort üben, oh ja.

Sie seufzte und dachte an das Haus der Großmutter, in dessen Keller ein verstecktes Klavier stand. Gestern auf der Rückfahrt von Großmutters Haus quer durch die Stadt hatte sie versucht etwas über das Klavier herauszubekommen.

»Was hat Großvater eigentlich gemacht?«, hatte sie die Mutter gefragt. Die hatte kurz in den Rückspiegel geschaut und Antonia prüfend darin angesehen, dann konzentrierte sie sich wieder auf das Autofahren. »Was meinst du«, hatte sie geantwortet, »er war Lehrer an einem Gymnasium, das weißt du doch.«

»Und irgendwelche Hobbys?«, hatte Antonia noch gewagt. Dann verstummte sie. Keine Hobbys. Nur Schule und Familie. Früh gestorben, die Mutter war erst vierzehn. Fast so alt war sie selbst jetzt, hatte Antonia bestürzt gedacht und ihren Vater angesehen, der vorn auf dem Beifahrersitz saß und zum Glück noch jung und gesund aussah.

Tim hatte wissen wollen, warum Onkel Paul immer so lustig ist, doch keine Antwort erhalten.

Weil jemand lustig sein muss in dieser Familie, hätte Antonia fast geantwortet. Doch sie sagte es nicht. Sie wusste, dass Onkel Paul eigentlich gar nicht lustig war.

Aber er ist der Einzige, der wenigstens irgendetwas sagt, dachte Antonia und starrte weiter hinaus in das Schneegestöber. Draußen sah alles so fremd aus. Irgendwie geheimnisvoll. Und verändert.

Sie wandte sich vom Fenster ab und betrachtete ihr Zimmer. In diesem langweiligen Zimmer sah alles immer gleich aus. Sie sollte anfangen umzuräumen.

Dieser Gedanke gefiel ihr. Mit einem merkwürdigen Gefühl aus Spannung und Ruhe schob sie das Bett an die andere Wand, der Schreibtisch kam unters Fenster und die Kommode daneben. Plötzlich war eine Wand ganz leer.

Der perfekte Platz für ein Klavier, dachte Antonia und starrte auf die kahle Wand. Ihr wurde klar, dass dort niemals ein echtes Klavier stehen würde. Und niemals würde sie es schaffen, sich selbst die Noten oder die Tasten beizubringen. Dieses kleine Notenbuch konnte unmöglich einen Klavierlehrer und ein echtes Klavier ersetzen!

Beim Abendbrot gefiel Antonia ihr eigener Platz am Tisch nicht mehr.

»Warum muss denn immer alles gleich sein!«, sagte sie unwirsch und setzte sich auf Tims Stuhl. Als der laut protestierte, bot der Vater ihr seinen Platz an. Doch dann hätte sie neben der Mutter sitzen müssen und das wollte sie nicht. Und Mutters Stuhl zu fordern traute sie sich nicht. Also blieb sie auf ihrem alten Platz sitzen und fühlte sich irgendwie falsch.

Nach dem Abendessen ging Antonia in ihr Zimmer. Sie wollte allein sein. Allein und ungestört. Sie schloss die Tür hinter sich und horchte auf Schritte oder Stimmen. Nichts war zu hören außer dumpfen Fernsehstimmen. Mit angehaltenem Atem holte sie das kleine Notenbuch und den Schlüssel aus dem Rucksack. Bestimmt vermisste die Großmutter den Schlüssel. Kurz überkam sie ein quälendes Gefühl von Scham. Warum nur hatte sie den Schlüssel mitgenommen. *Wie konntest du nur!*

Aber es war ja nicht irgendein Schlüssel, sondern *der* Schlüssel, und der Schlüssel hatte nur auf sie gewartet. Ja, bestimmt. Sie sollte kommen und ihn finden.

Lange betrachtete sie ihn, strich mit den Fingern darüber, als könnte sie so spüren, wer ihn wohl benutzt hatte. Dann sah sie sich noch einmal genau das Notenbuch an. Jemand hatte damit gearbeitet. Jemand, der auf dem Klavier gespielt hatte. Langsam blätterte sie durch die Seiten. Aber auch die feinen Bleistifteintragungen zwischen den Noten verrieten nicht, wer in das Klavierbuch geschrieben hatte.

Gerade wollte sie das Heft wieder zuklappen, um es mit einem Seufzer fortzulegen und nie wieder anzufassen, da fiel ihr Blick auf die aufgemalten Tasten, die auf jeder Seite gedruckt waren. Hatte Mozart sich nicht auch Tasten aufgemalt, um unterwegs in seiner Kutsche üben zu können?

Das war es! Antonia sprang auf und durchwühlte ihren Schreibtisch nach Papier. Sie würde sich ein Klavier malen, ganz einfach! Und dann würde sie spielen lernen, warum denn nicht? Sie brauchte bloß anzufangen.

Und das tat sie. Den folgenden Tag verbrachte Antonia damit, auf einzelne Blätter die mittleren Tasten eines Klaviers aufzumalen. Die obersten und untersten Oktaven ließ sie weg, die konnte sie ja später noch hinzufügen. Dann klebte sie das Papier aneinander und zog es auf feste Pappe, die sie aus Kartons zurechtgeschnitten hatte. Nun hatte sie eine Tastatur fast so lang wie ein richtiges Klavier.

Als Notenbrett nahm sie ihren Buchständer, der auf dem Schreibtisch stand, stellte ihn vor die Pappe, legte die Klavierschule darauf und schon war das Klavier fertig. Zwar erzeugte es keinerlei Töne, doch Antonia brauchte die Musik nur in ihrem Kopf zu hören. Leise summte sie vor sich hin, legte die Finger auf die gemalten Tasten und übte die ersten Noten.

Am späteren Abend konnte sie mit der linken und mit der rechten Hand jeweils drei Noten spielen. In den folgenden Tagen lernte sie weiter, und als sich die Weihnachtsferien ihrem Ende näherten, hatte sie die ersten zehn Seiten in der kleinen Klavierschule durchgearbeitet und konnte auf dem Pappklavier mit beiden Händen gleichzeitig fünf Töne spielen, lange und kurze. Nach dem Üben versteckte sie das Pappklavier unter der Matratze auf dem Lattenrahmen. Da konnte es niemand finden und war fast so gut versteckt wie das Klavier bei der Großmutter.

Doch allmählich wurde es langweilig, sich die Töne nur vorzustellen, zumal sie inzwischen zwei gleichzeitig spielen konnte. Sie hatte keine Ahnung, ob sie richtig spielte und wie es klang. Am letzten Ferientag sagte sie zur Mutter, dass sie die Großmutter besuchen wolle.

Vorher hatte sie im Stadtplan nachgeschaut, mit welcher Straßenbahn sie fahren und wo sie aussteigen musste. Bisher war sie nie ohne ihre Familie bei der Großmutter gewesen und dann waren sie immer mit dem Auto gefahren.

Die Mutter sah sie überrascht an. Dann zog sie die Stirn kraus, wie immer, wenn ihr etwas nicht gefiel, und strich Antonia kurz übers Haar.

»Ach Toni, willst du dich nicht lieber mit Julia verabreden?«, sagte sie. »Die ganzen Ferien hockst du drinnen und bist nicht zu sehen. Was willst du denn bei Oma? Das ist doch langweilig für dich.«

Am liebsten hätte Antonia gerufen, dass sie endlich nicht mehr Toni heißen wollte, sondern Antonia, Antonia! Wer war denn Toni? Welches Mädchen hieß Toni! Das war doch ein Name für Jungen. Oder für kleine Mädchen. Und klein war sie nicht mehr, nein!

Antonia sah der Mutter ins Gesicht und schluckte. Kein Wort davon kam heraus, stattdessen nur eine heisere Erklärung, dass Julia noch in den Skiferien sei und erst am Abend wiederkäme. Und bei der Großmutter sei es überhaupt nicht langweilig. Sie würde zum Abendbrot wieder zurück sein.

Damit rannte Antonia in ihr Zimmer, griff sich den Rucksack, in welchem beides, der Schlüssel und »Meine erste Klavierschule«, sorgfältig verstaut war, und stürmte aus der Wohnung.

Erst als sie um die Ecke gebogen war, hörte sie auf zu laufen. Plötzlich, als wäre ihr Gehör bislang taub gewesen, konnte sie ihre Schritte im Schnee hören. Sie knirschten leise und sanken ein wenig in die verbliebene Schneeschicht ein. Neben den Gehwegen lagen kniehohe Schneehaufen, die zur Seite gefegt waren. Auch zwischen den geparkten Autos waren kleine Berge zusammengekehrt. Einige Wagen waren offenbar lange nicht gefahren worden, auf ihnen hatte sich eine dicke weiße Schneeschicht angesammelt, in die vereinzelt Hände gegriffen hatten, um Schneebälle daraus zu formen.

Antonia ließ ihre Hände in die weiße kalte Masse sinken und drückte den Schnee zwischen den Handschuhen, doch er fiel auseinander, klebte nicht. Es war zu kalt. Hier und da kamen Kinder mit Schlitten aus den Häusern. Bestimmt wollen sie zum Hexenberg in den Park, dachte Antonia und war überrascht, dass ein Gefühl von Wehmut sie überkam. Im letzten Winter war sie auch zum Hexenberg gelaufen, mit ihrer Freundin Julia oder auch mal mit den Nachbarskindern.

Einen kurzen Moment spürte Antonia wieder das harte Rütteln des Schlittens und das Knallen der Kufen, wenn er über vereiste Flächen sauste, und sie hörte das weiche Zischen, wenn man in eine Schneewehe geriet. Doch dann schoben sich Töne in ihre Gedanken, es war, als würden sie ihren Namen rufen, ein Klavier schlug kräftige Akkorde, dann begann im Orchester eine sanfte Melodie und das Klavier beruhigte sich, folgte den Geigen und sang mit ihnen ein rhythmisches Lied, das so traurig und einsam klang, dass Antonias Herz sich zusammenzog.

Abrupt hielten ihre Schritte an, atemlos wandte sie den Kopf, als kämen die Klänge irgendwo hinter ihr aus dem Schnee. Zunächst konnte sie nichts entdecken, doch dann fiel ihr eine geöffnete Autotür auf, ein Mann beugte sich gerade hinein und kam mit einem Handbesen wieder zum Vorschein, aus dem Wageninneren quoll die Musik, fast meinte Antonia sie als feine weiße Wolke erkennen zu können wie gefrorenen Atem.

Die Töne folgten ihr und ihr war, als würde sie jeden einzelnen Ton kennen. Die Akkorde liefen inzwischen gebrochen hinauf und hinab, das Orchester übernahm die rhythmische Melodie allein und das Klavier erhob sich jubelnd empor, hüpfte über Stock und Stein, dann plötzlich brach es ab. Der Mann hatte die Wagentür geschlossen und fegte nun den Schnee vom Autodach.

Schon vorbei! Am liebsten wäre Antonia zurückgelaufen, um diese wunderschöne Musik weiter hören zu können. Stattdessen wandte sie sich um und ging betäubt weiter. Doch die hüpfenden, springenden kleinen Klanggestalten ließen ihr keine Ruh, sie tanzten in ihrem Kopf. Nicht anhalten, nicht aufhören!, dachte Antonia und zugleich wurde ihr schwindlig.

Bereits eine Straße weiter tat es ihr Leid, nicht umgekehrt zu sein. Sie hätte den Mann fragen sollen, welche Musik er hörte. Sie hätte es sich merken oder wenigstens zu Ende hören sollen, denn nun spielte die Melodie in ihrem Kopf weiter und weiter, als sei sie nicht mehr auszustellen.

Erst in der Straßenbahn beruhigte sie sich wieder. Die Musik verfolgte sie nicht mehr, alles war ruhig und langweilig.

Was war nur mit ihr los?, durchfuhr es sie kurz. Doch dann musste sie auf die Stationen achten, und erst als sie wieder ausgestiegen war, kam ihr der Besuch bei der Großmutter etwas seltsam vor.

Was sollte sie eigentlich sagen, wenn die Großmutter

ihr öffnete? Und wie wollte sie in den Keller gelangen, ohne dass die Großmutter etwas merkte? Außerdem war Frau Köttge sicher auch da und arbeitete in der Küche, direkt nebenan sozusagen. Doch umkehren wollte sie auch nicht. Also ging sie zögernd weiter auf das Haus der Großmutter zu.

Niemand öffnete auf ihr Klingeln. Ratlos stand Antonia da und überlegte.

Dann fiel ihr ein, dass es früher ein Versteck gegeben hatte für den Schlüssel zum Kellereingang. Ja, ein umgestülpter Blumentopf neben der Treppe zum Kellereingang. Antonia lief über den weißen Schneerasen am Haus entlang zur Seite. Dort war das Geländer der Treppe zum Keller und daneben, vom Schnee zu einem kleinen weißen Berg verwandelt, stand der umgestülpte Blumentopf mit dem Schlüssel darunter. Antonia ergriff ihn. Eiskalt brannte er in ihrer Hand.

Vorsichtig stieg sie die ungefegte Treppe hinunter und schloss die Tür auf. Irgendwie war ihr plötzlich unheimlich. Sie machte Licht und stieg die Treppe zum Erdgeschoss empor. Nun fühlte sie sich schon nicht mehr ganz so fremd. An der Garderobe hingen ein paar Jacken, sie hängte ihre dazu, stellte die Stiefel auf die Matte und zog die Stoffschuhe an, die für Besucher bereitstanden. Dann lief sie noch weiter hoch, um nachzuschauen, ob nicht doch jemand im Haus war.

Alle Zimmer waren leer. Großmutters Bett war ordentlich gemacht und hatte eine andere Bettwäsche als an Silvester. Auf ihrem Nachttisch stand wie neulich die Lampe, der Wecker, doch keine Pillendose. Vielleicht war die Großmutter irgendwo eingeladen und kam erst am Abend zurück.

Plötzlich fiel Antonia mit einem heißen Schauer das Klavier ein. Darum war sie doch überhaupt gekommen! Es konnte ihr also ganz recht sein, dass die Großmutter gar nicht da war. Schnell lief sie in das Esszimmer und nahm die kleine Lampe mit in den Keller. Dann holte sie den Schlüssel heraus.

Andächtig schob sie ihn ins Schloss. Mit einem Seufzen öffnete sich die Tür und ließ Antonia ein. Das Klavier trug seinen Schonbezug. Dunkel stand es hinten an der Wand, kaum zu erkennen. Antonia stellte die Lampe auf den Karton, suchte die Steckdose und nahm den Bezug ab.

»Hallo«, murmelte sie zärtlich und strich mit der Hand über den Deckel, »da bin ich wieder.«

Still setzte sie sich auf den Stuhl und verharrte reglos.

Eine lange Woche hatte sie auf Papier geübt, auf Papier und Pappe, und nun stand es hier, bereit für sie: ein echtes Klavier. Ihr Klavier.

»Du hast auf mich gewartet, nicht wahr?«, flüsterte sie und öffnete langsam den Deckel.

Es war, als würde mit dem Heben des Deckels ein Rauschen in ihrem Innern anheben, leise erst wie in einer Muschel, dann lauter und lauter, wie ein Wasserfall, eine Stromschnelle, ein Orkan. Sie klappte das Notenbrett herunter, stellte »Meine kleine Klavierschule« darauf und wie auf einen unhörbaren Befehl hin erstarb das Rauschen sofort.

Es war still. Ganz still.

Langsam hob Antonia die Hände auf die Tasten, legte die Finger ordentlich nebeneinander und drückte sie dann herunter, ganz so, wie die Noten aus dem Buch es verlangten. Erst die rechte Hand, dann die linke, dann beide zusammen, mal eine mit langen Tönen und die andere mit kurzen, die sich am Ende wieder trafen, dann andersherum, und wieder umgekehrt.

Manchmal kam ein Ton nicht sofort heraus, dann drückte Antonia fester und wunderte sich nicht, dass ihre Finger auf der Pappe zu Hause das Drücken nicht gelernt hatten.

Je länger sie probierte, desto gleichmäßiger und fließender kamen die Töne, ein stetiger Fluss, der anschwoll und wieder abnahm, linke Hand und rechte Hand und lang und kurz, und wieder lang, ganz lang.

Bis ächzend die Tür aufging und eine Lichtflut vom Flur hereindrang.

Antonias Hände erstarrten, ihr Nacken verhärtete sich und ihrem Rücken wuchs ein Panzer, der feindlichen Blicken und Worten standhalten sollte.

Es blieb still.

Dann ächzte die Tür noch einmal, schabte auf dem Kellerboden entlang, der Lichtschwall wurde breiter und Frau Köttges Stimme sprach leise: »Toni? Bist du es?«

Vorsichtig zog Antonia ihre Hände zurück, Verbotenes hatten sie getan, *wie konntest du nur,* sie straffte den Rücken und spannte die Muskeln, als müsste sie sich bereithalten für eine Flucht. Dann griff sie langsam zum Schalter der Lampe und drückte darauf. Nun war es dunkel um sie herum, nicht zu sehen das Mädchen, das auf dem verbotenen Klavier gespielt hatte. Langsam erhob sie sich, legte wie in Zeitlupe die Klavierschule auf den Stuhl, klappte den Deckel zu, hob den Schonbezug hoch und deckte ihn über das Verbotene, eine Tarnkappe für das Klavier, schon stand es unsichtbar da, wie ein großes braunes Tier, das im Verborgenen schlafen muss.

»Ich …«, sagte ihre Stimme, die plötzlich brüchig und spröde war wie Glas, »ich habe …«

Und schon fiel sie auf den Kellerboden und zerbarst in tausend Stücke, ihre Stimme, nur die des Klaviers hing noch zwischen den Wänden, glatt und klar und unverbraucht. Die Stimme des Verbotenen, dachte sie, lauschte kurz den hüpfenden Gestalten nach, die sich wieder in ihrem Kopf tummelten und ihren Namen riefen. Langsam trat sie auf die Haushälterin zu und wurde wieder das Mädchen, das man Toni nannte, das lächelte und schüchtern war.

»Schon gut, ist ja schon gut«, sagte Frau Köttge beruhigend und Antonia fragte sich kurz, ob sie beruhigt werden musste.

»Ich hab einen ordentlichen Schreck gekriegt, als ich hier unten Musik gehört hab. Aber du bist es ja nur. Möchtest du was essen?«

»Gern«, hörte sie sich lügen und dachte, warum Musik wohl etwas Schreckliches war. Der Schrecken der Musik, warum eigentlich, warum nur?, wollte sie beinahe die Haushälterin fragen, doch diese Stimme war jetzt verstummt und still. Die andere Stimme auf der Oberfläche funktionierte noch und sie sagte: »Schläft Oma schon oder kann ich ihr kurz Hallo sagen? Ich hab mich heute gelangweilt und wollte sie gern besuchen …«

Kurz grollte ein Donner zwischen ihren Worten, die Akkorde lassen nicht zu, dass man sie belügt, die Melodie hüpft und stolpert über Lügen, wussten Sie, dass hier ein Klavier steht?, wollte Antonia fragen, doch stattdessen sagte sie hastig: »Bitte sagen Sie nichts.«

Schon saß sie als Toni am Küchentisch und löffelte eine heiße Tomatensuppe, die Akkorde entfernten sich, dann war kein Ton mehr zu hören.

Antonia klapperte mit dem Löffel und dachte an nichts.

7

Die Großmutter war auf dem Friedhof gewesen.

»Weißt du nicht mehr? Als du klein warst, sind wir oft zusammen dorthin gegangen«, sagte sie zu Antonia, als sie nach ihrem Mittagsschlaf wieder herunterkam und im Wohnzimmer einen Tee trank.

Antonia wusste nichts mehr davon. Doch als sie sich vorstellte, wie sie Blumen auf das Grab pflanzten und Unkraut zupften, erinnerte sie sich jäh: Ein kleines Kind, sie selbst, läuft am Wassergraben entlang auf ein großes Gebäude – sicher die Kapelle – zu, dann rechts zwischen kleinen Wegen entlang, die von Erdwällen gesäumt sind, kreischend läuft es die Wälle hoch und runter, hoch und runter, und auf dem Rückweg will es die Enten füttern, immer will es Enten füttern und niemand hat an Brot gedacht, nie hat jemand an Brot gedacht und immer jammert das Kind und läuft torkelnd den breiten Weg am Wasser entlang und jammert und ist böse mit den Erwachsenen, die mit sich selbst beschäftigt sind, die sich heimlich über die Augen wischen und starre Gesichter haben, die schweigen und schweigen und nicht antworten, wenn das Kind nach Brot schreit.

»Ist es der Ost-Friedhof?«, fragte Antonia und tat interessiert.

Sie war froh, dass es ein Gesprächsthema gab und auch Frau Köttge nichts von ihr wissen wollte. Sie hatte nicht nach dem Schlüssel gefragt oder wie Antonia das Klavier gefunden hatte und sie erwähnte auch nicht, ob die Großmutter sie gehört hatte.

Die Großmutter nickte und redete nicht weiter.

Antonia erzählte ein wenig von den Ferien und tat, als wollte sie am Nachmittag rodeln gehen. Dann sprang sie auf und meinte, mal eben ins Bad zu müssen. Leise lief sie aber hinunter in den Keller, räumte die Verlängerungsschnur fort und holte ihren Rucksack und das Klavierbuch heraus. Frau Köttge hatte in der Küche sauber gemacht und war inzwischen gegangen.

»Bis bald«, flüsterte Antonia ins Dunkel. Das große, braune Tier schlief. Dann schloss sie die Tür ab und lief nach oben.

Beim Abschied fragte die Großmutter, ob Antonia nicht bald wiederkäme. Sie versprach es erfreut und hörte diese kleine Stimme singen. *Mein Klavier, bald komm ich zurück!*

An der Straßenbahnstation musste sie warten. Sie setzte sich auf die kalte Bank und schaute auf den braunen Schnee, der zwischen den Schienen lag. In Gedanken stieg sie noch einmal die Treppe in den Keller hinunter, öffnete die Tür und klappte den Deckel des Klaviers hoch. Wie anders, wie schön, wie herrlich ist ein richtiges Klavier im Vergleich zu einem, das man nur in Gedanken oder auf Pappe hat, dachte sie. Aber warum stand das Klavier dort unten im Keller?

Es gab keine Antwort.

Ihr Blick fiel auf die herannahende Straßenbahn, die in die falsche Richtung weiterfahren würde. Ihre Augen klebten fest an einem Wort. Es stand der Bahn auf die Stirn geschrieben, sie trug es vor sich her, schob es vor sich her, wurde es nicht los.

Ost-Friedhof.

Seltsam, dachte Antonia noch, dann sprang sie ohne nachzudenken auf, lief auf die andere Seite der Gleise und stieg ein. Sie stempelte ihre Karte und suchte sich einen Platz.

Jetzt fahre ich zum Ost-Friedhof, dachte sie. Wenn die Großmutter da gewesen war, konnte auch sie dorthin fahren. Bestimmt würde sie das Grab wiederfinden. Irgendetwas trieb sie dazu, es zu versuchen, etwas Geheimnisvolles, Unausgesprochenes, etwas Heimliches.

Während die Bahn von Station zu Station ruckelte und Menschen ein- und ausstiegen, schaute Antonia aus dem Fenster und versuchte sich zu erinnern, wie es früher auf dem Friedhof gewesen war. Sie wusste nicht mehr, wer alles mitgekommen war. Doch immer war es kalt in ihrer Erinnerung, immer standen die Enten auf dem Eis oder hockten zwischen braunen Blättern auf dem Rasen. Immer hatte die Mutter einen Schal, den sie auf dem Rückweg über ihren Mund zog. Vielleicht war der Vater auch dabei, doch Antonia konnte ihn nicht sehen. Nur das Wasser und die Enten sah sie, und das alte Laub. Und die Großmutter, die eingehakt mit Tante Silke langsam hinterherkam.

Schließlich kam die Endstation, alle Leute stiegen aus, die Bahn fuhr in eine Schleife und blieb dort stehen. Antonia sah benommen zu, wie der Zielort ausgewechselt wurde, nicht mehr *Ost-Friedhof*, sondern *Stadtwald* stand nun dort oben.

Vielleicht sollte ich doch lieber zum Stadtwald fahren und auf dem Hexenberg rodeln gehen, dachte Antonia fröstelnd und warf einen Blick zum dämmrigen Friedhof hinüber. Unter den großen Bäumen leuchteten die Wege weiß vom Schnee, der als dünne Decke glatt über der Erde lag, die geräumten Haufen hier und da sahen aus wie kleine Rodelberge für Zwerge.

Das große Eingangstor stand offen, als sollte es besonders einladend wirken, doch Antonia zögerte, als sie hindurchging. Alles sah so anders aus. Und so leer! Doch je weiter sie ging, desto klarer wurde ihr, dass sie es tun musste. Die Stimme der Mutter fuhr ihr wieder ins Ohr. *Wie konntest du nur!* Ja, wie konnte sie nur was? Musik hören an Onkel Roberts Todestag? Was war eigentlich so schlimm daran? Das hatte sie versäumt zu fragen. Der Schrecken, das Schreckliche. Was war so schrecklich an Musik?

Und während sie den Hauptweg entlangging und das Wasser suchte, dröhnte auf einmal wieder das Klavier in ihrem Kopf, die Akkorde klangen kraftvoll und siegessicher, *Hier bin ich!*, schienen sie zu rufen, *und ich bin herrlich! Hört nur her!*

Verwirrt fragte sie sich, was diese Melodie aus dem Auto, die ihr seltsam vertraut schien, wohl damit zu tun hatte, dass sie hier auf einem Friedhof herumirrte und weder den richtigen Weg noch das Wasser mit den Enten fand.

Inzwischen war sie an mehreren Abzweigungen vorbeigekommen. Vereinzelt kamen ihr Leute entgegen, die Körbe trugen mit Werkzeug oder Blumentöpfe mit Heide oder Christrosen, doch sie traute sich nicht, nach dem Wasser zu fragen oder dem großen Haus.

Ein kleiner Trecker überholte sie, hielt plötzlich an und ein Mann beugte sich herunter. »Na, kleines Fräulein, wohin willst du denn noch so spät? Du weißt sicher, dass wir bald schließen?«

Schließen? Antonia überlegte fieberhaft. Wurde das Tor abgeschlossen?

Schnell sagte sie: »Ich suche die Kapelle, dahinter ist

ein Grab, aber ich weiß nicht mehr, wo. Meine Großmutter war heute Morgen hier ...« Ihre Stimme versagte. Sicher war es hoffnungslos und sie musste sofort umkehren, damit sie nicht eingeschlossen wurde.

Doch der Gärtner grinste freundlich und sagte: »Aha. Deine Großmutter. Heute Morgen. Liegt das Grab links von der Kapelle? Da wollen wir doch mal sehen.«

Damit klopfte er auf den freien Sitz neben sich. Überrascht nickte Antonia, kletterte auf den Sitz, der Trecker knatterte lauter und fuhr an. Nun erst bemerkte Antonia, dass die Gräber, an denen sie vorbeifuhren, verschneit waren, die Grabsteine auch, nur wenige waren gefegt. Wie sollte sie da das Grab von Richard Ackermann finden? Und von Robert Ackermann, fügte sie in Gedanken hinzu. Bestimmt ist Onkel Robert auch dort.

Der Gärtner schwieg. Geschickt lenkte er den Trecker auf kleinere Wege, da tauchte der Wassergraben auf, sogar Enten saßen dort auf dem Eis, genau wie früher. Fast hätte Antonia den Mann darauf hingewiesen, doch sie schwieg und ließ sich weiterfahren. Dann erschien hinter einer Baumgruppe die Kapelle.

»So«, meinte der Gärtner zufrieden und hielt den Trecker an. »Den Rest schaffst du allein. Geh diesen Weg weiter hoch, dann den ersten Weg links. Du suchst doch Familie Ackermann, stimmt's? Du erkennst das Grab daran, dass der Schnee frisch gefegt ist und Christrosen vor dem Grabstein stehen.«

Antonia stieg ab und vergaß vor lauter Überraschung zu fragen, woher er wusste, wohin sie wollte. Schon knatterte der Trecker davon. »Beeil dich aber, um vier Uhr schließen wir!«, rief er noch über die Schulter, dann verschwand der Trecker hinter den Büschen.

Antonia entdeckte das Grab. Schon von weitem leuchteten die frischen Christrosen. Im Schnee waren noch Spuren zu sehen. Antonia stellte ihre Füße in zwei Abdrücke hinein. Nun stand sie genauso wie vorher die Großmutter und betrachtete den Grabstein. Gerade breite Buchstaben waren in den mächtigen Stein gehauen:

Hier ruhen in Frieden
Richard Ackermann, geb. 15. 8. 1938, gest. 29. 6. 1974
Robert Ackermann, geb. 5. 5. 1972, gest. 1. 1. 1991

Antonia las die Wörter und versuchte zu verstehen.

Erst nach einer Weile begriff sie, dass Robert zwei Jahre nach ihrer eigenen Geburt gestorben war. Er war nicht mal neunzehn Jahre alt geworden. Und sie konnte sich überhaupt nicht an ihn erinnern.

Nun, sie war erst zwei Jahre alt, als er starb. Doch irgendetwas müsste sie doch aus Erzählungen kennen, etwa: Als du geboren wurdest, hat Robert gerade … Oder: Als du eins wurdest, hast du von Robert eine Ente gekriegt … Aber da war nichts. Absolut nichts.

Antonia suchte nach einer Antwort. Das Efeu hinten in den Ecken und auch die kleine Buchsbaumhecke am Rand verrieten nichts. Die Christrosen sahen fast golden aus auf dem bleichen Schnee und der graue, glänzende Grabstein spiegelte sie ein wenig.

Ganz unten auf dem Stein fiel ihr ein Schriftzug auf:

Die Melodie der Seele tönt ewig, ewig fort.

Die Melodie, dachte Antonia, die Melodie war da, sie konnte sie hören, sie hörte sie immerfort, das also war es, was sie plagte und verfolgte, die Melodie der Seele.

Plötzlich war ein Tuckern zu hören. Auf dem Querweg erschien der kleine Trecker und hielt an. Der Gärtner stieg ab und stapfte auf Antonia zu. Er stellte sich neben sie und sah auf das Grab.

»Heute Morgen«, sagte er und schwieg kurz. »Deine Großmutter kommt immer nach Neujahr hierher. Jeden Tag. Ich kenn sie gut.«

War es seine Stimme oder dass überhaupt jemand da war und sie sah? Auf einmal schossen ihr Tränen in die Augen und Antonia wandte sich ab, um ihr Gesicht zu verbergen.

»Na, dann steig mal wieder auf«, sagte der Gärtner mit ruhiger Stimme und klopfte ihr kurz auf die Schulter. »Es ist vier Uhr. Sonst bist du hier gleich eingeschlossen.«

Als Antonia endlich aus der Straßenbahn stieg und den Weg nach Hause einschlug, hielt sie Ausschau nach jenem Auto. Noch immer hörte sie die Akkorde, die in die Tiefe rauschten und wieder aufstiegen und übergingen in diese klare Melodie, die fast schmerzte vor Schlichtheit und Schönheit. Wo hatte das Auto gestanden? Sie musste es unbedingt wiederfinden.

Doch sie erinnerte sich nicht mehr, wo das Auto gestanden hatte, ebenso wenig wie an seine Farbe. Es war zugeschneit gewesen und die Musik erklang, ehe der Besitzer mit dem Abfegen begann.

Schließlich gab sie die Suche auf. Den restlichen Weg über hörte sie immer wieder die Akkorde des Klaviers, doch allmählich wurden sie undeutlicher und auch die

Melodie verblasste und vermischte sich mit den kleinen Stücken, die Antonia am Nachmittag bei der Großmutter auf dem Klavier gespielt hatte.

Als sie die Haustür öffnete, bemühte sie sich die Musik wegzuschieben.

Drinnen hörte sie die Mutter rufen, ihre Stimme durchschnitt die Musik und verscheuchte sie: »Da bist du ja endlich! Wo warst du denn so lange!«

Schon vor zwei Stunden hatte sie die Großmutter angerufen und erfahren, dass Antonia auf dem Heimweg sei. Warum hatte das denn so lange gedauert?

Langsam zog Antonia die Stiefel aus und überlegte eine Antwort.

Doch die Mutter ließ ihr keine Zeit zum Überlegen. Sie stand vor ihr und stemmte die Hände in die Hüften, dass Antonia nicht an ihr vorbeikonnte, um im eigenen Zimmer zu verschwinden.

»Sag schon. Wo warst du so lange? Ich hab mir Sorgen gemacht!«

Sorgen, dachte Antonia und hätte fast bitter aufgelacht. Wenn die Mutter sich Sorgen machte, hatte sie wohl auch immer das Recht, Antonia Vorwürfe zu machen. Kurz durchzuckte sie die Vorstellung, die Wahrheit zu sagen. *Ich war bei Oma und hab im Keller auf dem Klavier gespielt!* Was dann wohl geschehen würde?

Doch ein Blick in das Gesicht der Mutter, das aufgebracht und zugleich undurchdringlich war, ließ Antonia schweigen. Sie zuckte mit den Schultern und ohne nachzudenken sagte sie unvermittelt: »Ich war auf dem Friedhof.«

Antonia sah genau, wie die Mutter zurückprallte vor

diesen Worten. Wie ihr Gesicht versteinerte. Wortlos drehte sie sich und ging in die Küche.

Was hatte Antonia getan? Es war doch nicht verboten, auf den Friedhof zu gehen. Eigentlich hatte sie gedacht, dass ihre Mutter überrascht wäre. Oder sogar erfreut. Aber offenbar hatte sie sich da getäuscht.

Kurz darauf gab es Abendbrot. Die Mutter rief sie nicht, um sie den Tisch decken zu lassen. Und sie rief sie nicht, um Tim zu holen oder Gemüse zu schneiden oder den Vater von seinem Schläfchen auf dem Sofa zu wecken. Sie sagte gar nichts zu Antonia, auch während des gesamten Abendessens. Ein paar Mal ermahnte sie Tim ordentlicher zu essen, zweimal fragte sie den Vater etwas, sonst schwieg sie.

Auch Antonia schwieg.

Als der Vater sie fragte, was sie denn an ihrem letzten Ferientag gemacht habe, erzählte sie kurz, dass sie die Großmutter besucht hatte. Sofort begann Tim zu quengeln, dass er doch mitgewollt hätte, wenn sie ihn nur gefragt hätte.

»Ich hab dich aber nicht gefragt!«, zischte sie ihm da zu und Tim war still.

Einen kurzen Moment überlegte Antonia, ob sie noch einmal sagen sollte, dass sie auf dem Friedhof gewesen war. Dass alle es hören mussten. Dass keiner so tun konnte, als hätte er es nicht gehört.

Doch sie fürchtete sich vor dem eisigen Schweigen. Was konnte der Vater auch schon dazu sagen? Vielleicht: Ach ja? Interessant. Wie bist du denn auf die Idee gekommen?

Das machte alles noch schlimmer, fand Antonia und fragte sich nun selber, warum sie es eigentlich getan hatte. Es war doch so, dass sie die Mutter damit gekränkt hatte, verletzt, beschämt, ja was noch alles? Auf jeden Fall war es eine Zumutung gewesen, so etwas zu tun. Das merkte Antonia jetzt, wo die Mutter die Teller einsammelte und in die Küche brachte, obwohl es doch eigentlich Antonias Aufgabe war, den Tisch abzuräumen.

Schon tat es ihr Leid, sie wollte die Mutter doch nicht erzürnen oder kränken, nein, sie wollte nur Klarheit, worüber eigentlich?, fragte sie sich verwirrt und lief der Mutter nach in die Küche, trug Brot und Käse und das Besteck und räumte alles sorgfältig fort, doch die Mutter schaute sie nicht an und sagte schließlich: »Geh nur.«

Das war das Schlimmste. Geh nur. Wohin denn, wenn die Mutter sie nun verstieß und nicht zu Ende abräumen ließ wie sonst jeden Abend. Konnte sie da in ihr Zimmer gehen und etwas lesen oder träumen oder in Ruhe ihre Schulsachen packen? Konnte sie da beruhigt zu Bett gehen und einschlafen?

Sehnsüchtig dachte Antonia an den Weg durch den Schnee, vorbei an dem verschneiten Auto, die Tür geht auf und heraus quillt – nicht aufzuhalten, diese Musik! – das Orchester mitsamt Klavier und baut sich auf der Straße auf, von einer Seite zur anderen, über die Dächer der Autos hinweg, vielleicht noch die Hauswände hoch, auf Balkone und Erker, der Dirigent auf dem Verkehrsschild ganz vorn hält den Taktstock, der Pianist hebt die Hände, die Bogen ruhen auf den Saiten, die Bläser lockern ihre Lippen und …

Da kam der Vater in die Küche, legte Antonia die Hände auf die Schultern und führte sie hinaus auf den Flur und ins Wohnzimmer hinein. Warum hören wir nie Musik?, wollte Antonia fragen, warum hört niemand bei uns Musik? Fast schmerzte ihre Kehle, so sehr wollte ihre Stimme die Worte herausschreien. Doch was herauskam, war nur ein Räuspern.

»Ich find's schön, dass du Oma besucht hast. Sie ist immer so einsam, besonders zu dieser Jahreszeit«, sagte der Vater leise und schenkte Antonia einen aufmunternden Blick. »Und«, hier lenkte er den Blick hinaus zur Tür, »mach dir nichts daraus. Mama meint es nicht so. Es ist eben immer noch unglaublich schwer für sie.«

Antonia musste schlucken.

»Was denn?«, murmelte sie heiser.

Doch der Vater antwortete nicht.

Schließlich wand Antonia sich aus seinen Händen und ließ den Vater stehen, im Wohnzimmer, auf dem Teppich, zwischen den Sesseln.

8

Am nächsten Tag fing die Schule wieder an und alles schien so normal wie immer. Julia war zurück aus dem Skiurlaub und holte Antonia morgens ab, der Unterricht war wie immer, die Lehrer auch. Dennoch hatte Antonia das seltsame Gefühl, als hätte sie sich so sehr verändert, dass niemand sie mehr erkennen könnte. Aber das war nicht der Fall.

Sie konnte es ja selbst im Spiegel überprüfen: Sie sah genauso aus wie vorher, die glatten braunen Haare fielen sanft auf die Schultern, ihre Augen waren still und dunkel, die Lippen fein geschnitten. Und jeder wusste sofort, wer sie war, natürlich. Trotzdem blieb in ihr ein Zögern, ein fremdes Entferntsein von den anderen, das sie irritierte.

»Sag mal ehrlich«, sagte sie in der Pause zu Julia, »findest du, ich seh anders aus?«

Julia sah sie prüfend an.

»Wie, anders?«, fragte sie dann und zuckte mit den Schultern. »Du siehst aus wie immer. Bis auf …«

Gespannt wartete Antonia. Bestimmt würde Julia sagen, sie sähe irgendwie älter aus, vielleicht als würde sie ein Geheimnis haben. Dann, ganz vielleicht dann würde sie ihr etwas verraten von dem Klavier.

Doch Julia sagte nichts, sondern zuckte nur noch einmal mit den Schultern und meinte, sie wüsste auch nicht. Antonia schwieg. Vielleicht später, dachte sie und schaute aus dem Fenster, wo die glatten grauen Zweige im Licht der Sonne glänzten. Der Himmel war blass, es war kalt.

Die Tage vergingen schnell. Jeden Nachmittag holte Antonia die Papptastatur unter der Matratze hervor und lernte neue Noten. Zuvor sorgte sie dafür, dass niemand in ihr Zimmer kommen konnte. Da sie keinen Schlüssel besaß, klemmte sie die Stuhllehne unter die Klinke, das hatte sie sich aus Filmen abgeguckt.

Zu den Noten versuchte sie innerlich zu singen, doch das fiel ihr immer schwerer. Die rechte Hand war einfach, die spielte inzwischen kleine Melodien aus verschiedenen Tönen, die konnte man gut mitsingen. Das Problem war die linke Hand. Ihre Töne ließen sich nicht so einfach mitsingen. Und wenn Antonia mit beiden Händen spielte, konnte sie sich den Zusammenklang nicht vorstellen.

Je mehr neue Noten dazukamen, desto schwerer wurde es. Oft hatte sie Kopfschmerzen, wenn sie hinterher die Sachen wieder versteckte. Zugleich aber war sie stolz auf sich.

Sie nahm sich vor, bald wieder zur Großmutter zu fahren. Es wurde Zeit, all die neuen Noten richtig zu spielen und zu hören. Sowie sie an das Klavier dachte, hatte sie keine Lust mehr, auf dem Pappding zu üben.

Ab und an fragte Julia, ob sie sich verabreden könnten. Doch Antonia hatte keine Lust. Damit Julia nicht gekränkt war, tat Antonia so, als müsste sie im Moment viel helfen zu Hause.

In der zweiten Woche nach Ferienende fragte Julia, ob Antonia mit zum Babysitten käme. Sie hatte neuerdings eine Familie, die jemanden für ihren zweijährigen Sohn brauchte.

»Sag nicht wieder Nein«, rief Julia und hielt ihr die Faust unter das Kinn.

Widerwillig sagte Antonia zu. Insgeheim jedoch tat es ihr Leid, dass sie an diesem Nachmittag nicht weiterüben konnte. Auf einmal schien es, als ob das Buch und das Pappklavier inzwischen wichtiger für sie waren als Julia, ihre einzige Freundin.

Doch dieser Gedanke erschreckte sie nicht. Wozu brauchte sie eine Freundin, der sie sowieso nicht von dem Klavier erzählen konnte? Es schien fast einfacher, nur ein Geheimnis zu haben und keine Freundin.

So ging sie neben Julia her und fühlte sich fremd und irgendwie falsch. Sie wünschte sich zurück in ihr Zimmer zu dem Klavierbuch und den Papptasten.

Doch Julia merkte nichts davon. Sie erzählte vom Skiurlaub und was für tolle Jungs im Skikurs gewesen waren. Antonia hörte kaum hin. Es war, als würde jeder weitere Schritt, jedes weitere Wort ihre Entfremdung zu Julia noch vergrößern. Das Geheimnis jedoch, ihr Geheimnis schien diesen Raum immer mehr auszufüllen.

»Wann sind wir denn da?«, fragte sie schließlich gequält.

»Jetzt«, sagte Julia stolz und zeigte auf ein schönes weißes Haus.

Die Wohnung der Familie war groß und hell. Die Mädchen wurden in die Küche gebeten, die Mutter des kleinen Leon stellte Saft und Kekse auf den Tisch und erklärte ihnen, was sie machen sollten. Ein bisschen auf den Spielplatz, spätestens um fünf Uhr zurück, einen Grießbrei kochen, die Sachen dafür standen neben dem Herd.

Dann holte sie ihren Mantel und verabschiedete sich. Leon fing an zu jammern, doch nachdem die Mädchen mit ihm am Fenster gewinkt hatten, wurde er wieder fröhlich.

Julia ging mit ihm ins Kinderzimmer und gerade wollte Antonia ihnen folgen, als ihr Herz einen Sprung tat. Dort an der Rückwand des Zimmers, neben der Glasvitrine, war ein Klavier.

Antonia stand mitten im Zimmer und starrte auf das schwarze Klavier. Sein Deckel war einladend geöffnet, auf dem Notenbrett standen verschiedene Notenbücher übereinander.

Kurz legte Antonia ihre Hände auf die glänzenden, strahlend sauberen Tasten, glatt und kühl schmiegten sie sich gegen ihre Fingerkuppen, ein herrliches Gefühl. Dann gab sie dem Verlangen nach und drückte die Tasten hinunter.

Ein voller Klang ertönte. Das Klavier klang anders, es hatte eine andere Stimme als die ihres schlafenden Tieres, aber herrlich und wunderbar, und schon liefen ihre Finger die gewohnten Wege, ein kleines Lied erklang, dann das nächste, Antonia fragte sich nicht, woher die Finger ihre Pfade kannten, sie saß bereits auf dem Hocker und hatte das vierte Stückchen gespielt, als plötzlich ein Schatten auf die Tasten fiel.

Julia stand hinter ihr.

»Du spielst Klavier?«, fragte sie erstaunt. »Seit wann denn? Davon hast du mir ja gar nichts erzählt!«

Antonia zuckte zusammen, riss die Finger fort von den Tasten, fast tat es weh, sie fortzunehmen. Langsam drehte sie sich um und sah an Julias Schulter vorbei auf die Sitzecke.

»Ich, in den Ferien hab ich …«, stotterte sie, »ich hab ein Buch gekriegt zu Weihnachten, eins mit Noten drin …«

Julia hob die Augenbrauen.

Eine Weile sagte niemand etwas, nur Leon rief im Kinderzimmer. Antonia starrte weiter auf das Sofa und fand ihre Antwort albern und dumm. Warum konnte sie nichts sagen?

Irgendwie war ihr Mund verschlossen. Ihre Stimme stumm. Ihre Zunge lahm. Es ging einfach nicht.

Schließlich meinte Julia, sie fände es blöd, wenn man der Freundin nicht erzählt, dass man seit Monaten Klavierunterricht bekommt. Dann drehte sie sich um und ging ins Kinderzimmer.

»Komm, Leon«, hörte Antonia sie rufen, »anziehen! Wir gehen raus zum Spielplatz!«

Gern hätte Antonia noch am Klavier gesessen und gespielt, einfach nur die Finger laufen lassen, ohne Gedanken und ohne Furcht, vor allem ohne diese Furcht.

Sie erhob sich und ging auf den Flur. Vielleicht durfte sie jetzt nie mehr mit Julia mitkommen. Bestimmt war Julia jetzt nicht mehr ihre Freundin. Und wie seltsam, irgendwie schien es ohne Freundin leichter, nicht über das Klavier im Keller zu reden, dachte Antonia kurz und fühlte sich plötzlich erleichtert.

Noch einmal wandte sie sich nach dem Klavier um, als könnte es Einspruch erheben gegen diese Ungerechtigkeit, doch das Klavier schwieg und ließ nur seine Tasten strahlen.

»Kommst du nicht mit?«, rief Julia von der Tür her.

Antonia gab sich einen Ruck. Jetzt, dachte sie, jetzt sag ich es und alles wird wieder wie früher.

Sie öffnete den Mund, wie um ihn geschmeidig zu machen für die Worte, die sie jetzt brauchen würde. Ein paar Mal stieß sie die Zähne aufeinander, als gelte es, zähe Worte in der Luft zu zerreißen. Sie befeuchtete die

Lippen, damit die Worte leichter hinausglitten in die Welt. Doch als sie Julia gegenüberstand, brachte sie keines davon heraus.

»Ich«, sagte sie schließlich, »ich hab nur so ein bisschen geklimpert, weißt du, einfach nur so, okay?«

Sie hob den Blick und sah in Julias Gesicht.

»Einfach nur so?«, fragte Julia zurück. »Das waren doch richtige Stücke, oder nicht? Woher kannst du die?«

Antonia murmelte etwas von ihrer Tante, die ihr in den Weihnachtsferien was gezeigt hätte.

Sie zog sich den Mantel an und schaute noch einmal zurück. Da stand es, majestätisch und selbstbewusst. Es brauchte sich nicht zu verstecken. Es brauchte keine Tarnkappe. Dieses Klavier war eines aus der anderen Welt.

Bei diesem Gedanken durchzuckte sie eine schmerzende Sehnsucht nach ihrem alten, schmutzigen, verstimmten Klavier. Fast war es schon, als hätte sie es verraten und verlassen. Verzeih mir, murmelte sie und dachte mit aller Kraft an das Klavier im Keller, wo es unter dem braunen Schonbezug vergeblich auf sie wartete. *Verzeih mir!*

Sie verließen die Wohnung und auf dem Spielplatz verabschiedete sie sich von Julia.

»Muss noch einkaufen, sorry, hab ich ganz vergessen«, sagte sie schnell und schon lief sie fort. Fort von diesem glänzenden, strahlenden Ding und von dieser Freundin, die nichts wissen durfte.

Es ließ sich nicht mehr ändern. Das Klavier im Keller war ein Geheimnis, das sie mit niemandem teilen konnte.

Nicht einmal mit der einzigen Freundin.

Mein Klavier, dachte sie zärtlich und verzweifelt zugleich, es braucht mich.

Plötzlich war es, als ob sie selbst einen Tarnüberzug trug. Niemand konnte diese Antonia sehen. Niemand konnte ihre wirklichen Gefühle und Gedanken erahnen.

Antonias Schritte stockten. Da war ein neues großes Gefühl von Einsamkeit in ihr, das sie selbst noch nicht entdeckt hatte. Als wäre die Einsamkeit zu ihr gekommen, damit sie nicht mehr einsam sei.

Kurz musste Antonia über sich selbst lächeln. Dann hüpfte sie über die Ritzen der Gehwegplatten und spürte ihre neue Gefährtin an ihrer Seite ebenfalls mithüpfen.

9

An den folgenden Tagen vermied Antonia, dass Julia zu ihr in die Wohnung kam. Morgens wartete sie schon vor der Haustür, wenn Julia sie abholen kam, und als sie zusammen für eine Arbeit üben wollten, bestand Antonia darauf, zu Julia zu gehen.

Jetzt erst merkte Antonia, dass sie Angst hatte. Angst, dass Julia zu Hause irgendeine Bemerkung machte oder nach einem Klavier suchte. Dass sie die Mutter fragte, wo Antonia denn Klavierstunden nahm. Die Angst war da, immer. Sie war wie ein großes dunkles Tuch, das Antonia und ihre Einsamkeit eng umschloss.

Antonia konnte nur mit den Achseln zucken und etwas vor sich hin murmeln. Die nächste Verabredung sagte sie ohne Ausrede ab.

Nach der Schule und am Nachmittag übte sie auf ihren Papptasten. Längst schon kannte sie alle Stücke in der kleinen Klavierschule, sie spielte sie der Reihe nach und versuchte die Finger so zu drücken, als ob es richtige Tasten wären, die einen kleinen Hammer in Bewegung setzen mussten, damit ein Ton herauskam. Manchmal schmerzten ihre Fingerkuppen und die Muskeln im Unterarm.

In der Schule saß Antonia wie immer neben Julia und irgendwie waren sie noch Freundinnen. Doch in den Pausen stand Julia öfter bei Jessica und deren Clique, und Antonia zog sich zurück. Sie wollte ihre Ruhe haben. Sie wollte nicht die neuesten Klatschgeschichten hören und auch nicht über die Klamotten der Parallelklasse reden. Sie wollte allein sein.

Manchmal ging sie in die Bibliothek, nur um dort an einem Tisch zu sitzen und so zu tun, als würde sie ein Buch lesen. Manchmal ging sie auf den Fluren hin und her oder sie saß auf einer Bank und tat so, als würde sie auf jemanden warten. Und ganz allein war sie auch nicht. Die Einsamkeit tröstete sie.

Einmal stand Antonia in der großen Pause vor dem Musikraum. Sie sah, wie ihr Musiklehrer Herr Weiß den Raum verließ und die Tür nicht abschloss. Ohne nachzudenken schaute sie sich um, niemand war zu sehen, sie öffnete die Tür und trat ein. Der große schwarze Flügel stand in der Mitte des Raumes vor den Stuhlreihen, die breite Sitzbank davor lud sie ein. *Komm nur, komm!* Hier war sie richtig. Sie legte die Finger auf die Tasten, auch sie waren glänzend weiß und schwarz und sauber, glatt und geschmeidig, nur einen Ton, einen einzigen, dachte sie und drückte eine Taste.

Der Ton hallte durch den Raum, stieß gegen die Wände und kehrte zurück, als wollte er ihr eine Erlaubnis geben, nachdem er alles überprüft hatte. *Spiel nur, spiel.* Er hatte sie alle geweckt, die anderen Töne, sie tobten bereits durch Antonias Kopf, stolperten und sprangen, hüpften und sangen. Antonia folgte ihnen.

Erst als die Tür aufging und Herr Weiß den Kopf hereinsteckte, merkte Antonia, was geschehen war. Sie saß auf der Bank vor dem Flügel und spielte. Ihre Finger gehorchten ihr nicht mehr, sie hörten nicht auf, sie waren nicht zu stoppen. In den Augenwinkeln sah sie den Lehrer näher kommen, doch irgendwie war alles so unwirklich.

Dann stand er vor ihr. Endlich konnte sie die Hände heben und in den Schoß legen. Endlich riss sich ihr

Blick von den Tasten los, endlich hörte ihr Herz auf zu rasen.

»Ach«, sagte Herr Weiß, »Toni, du?«

Antonia, verbesserte Antonia ihn stumm und nickte beschämt.

»Du hast nie erzählt, dass du Klavier spielst. Wo hast du Unterricht?«, fragte er interessiert und legte seine Tasche auf den Flügel.

Als sie noch immer nicht antwortete, setzte er sich neben sie auf die Bank und spielte ein paar Takte. Ein schönes kleines Stück erklang, das fröhlich und zugleich traurig war. Kaum wurde es heiter, nahm schon eine kleine traurige Wendung alle Fröhlichkeit in sich auf und umgekehrt.

Herr Weiß hörte auf zu spielen. Es war still.

Plötzlich hörte Antonia ihre eigene Stimme. »Was war das für eine Musik?«, fragte ihre Stimme.

Die Stimme war fremd. Sie gehörte nicht zu ihr.

»Mozart. Alla turca«, sagte Herr Weiß leichthin, als würde er alle Tage eine solche Auskunft geben.

Antonias Atem stockte.

»Man nennt es auch den Türkischen Marsch«, fuhr er fort, »schöne Musik, nicht wahr? Dritter Satz, A-Dur-Sonate. Also, wo hast du Unterricht? Du hast ja nie erzählt, dass du ...«

Hastig fiel Antonia ihm ins Wort.

»Bei meiner Tante«, sagte sie schnell. »Alla turca? Ich möchte es lernen! Bitte, wo gibt es die Noten?«

»Bei deiner Tante?«, entgegnete Herr Weiß, als hätte er ihre Frage nicht gehört. »Vielleicht spielt sie ja gut, aber sie scheint nicht viel vom Unterrichten zu verstehen. Deine linke Hand ...«

»Oh, das ist schon okay«, unterbrach Antonia ihn schnell, »sie zeigt mir nur manchmal was, den Rest mach ich allein. Bitte, wo gibt es die Noten?«

»Allein?«

Herr Weiß fuhr sich mit der Hand durch die Haare und schüttelte den Kopf. Dann sah er Antonia aufmerksam an.

»Moment«, murmelte er, »ich hab hier was, da kannst du dich mal melden, warte mal.«

Er ging zu seiner Tasche und kramte eine Weile darin herum. Dann zog er eine kleine Karte hervor.

»Ruf ihn an«, sagte er und hielt Antonia die Karte hin. »Er ist ein guter Freund und ein hervorragender Klavierlehrer. Sag ihm, dass ich dich schicke, dann kriegst du einen Termin zum Vorspielen. Und sag ihm auch, dass du bislang keinen richtigen Unterricht hattest. Kaum zu glauben«, murmelte er noch und sah zu, wie Antonia die Karte studierte.

»Vorspielen?«, fragte Antonia verwirrt.

Dann versteinerte ihr Gesicht. Ihre neue Gefährtin drängte sich zwischen sie und den Lehrer und erstickte alle Worte, die sie hätte sagen können.

Sie steckte die Karte in die Hosentasche. Nach dem Unterricht würde sie die Karte fortwerfen. Schnell erhob sie sich und ging zur Tür.

»Wirst du ihn anrufen?«, rief Herr Weiß hinter ihr her. »Sein Name ist Schiller. Ich erzähle ihm von dir. Er wird auf deinen Anruf warten!«

Doch da war Antonia schon zur Tür hinaus, die kleinen Kapriolen vom Türkischen Marsch geleiteten sie über die Flure, die Treppen und Gänge hinaus durch die große Schwingtür, über den Eingangsbereich und durch die Straßen, seine zuversichtlichen Läufe führten sie wie an einem Faden durch die Straßen und plötzlich stand sie vor ihrem Haus.

Antonia las ihren eigenen Familiennamen an der Tür wie den eines Fremden. *Wächter*. Nie hatte sie bisher gemerkt, dass ihr Name etwas bedeuten konnte. Wächter. Wächter wachen, oder nicht? Worüber wachen sie?

Verwirrt klingelte sie, dann erst fiel ihr ein, dass ja niemand da sein konnte. Es war erst elf Uhr. Was tat sie hier?

Doch als sie noch einmal die ausgelassenen und dennoch seltsam schmerzlichen Wendungen hörte, welche die Finger des Lehrers auf dem Klavier liefen, da fiel es ihr wieder ein. Mozart! Im Keller der Großmutter stand doch eine große Kiste voller Noten! Mozarts A-Dur-Sonate, dritter Satz, hatte er gesagt.

Mit zitternden Händen schloss Antonia die Haustür auf, lief in ihr Zimmer, warf die Schultasche in die Ecke und dann ins Wohnzimmer zum Telefon.

Die Großmutter war zu Hause.

»Toni?«, fragte sie überrascht. »Was gibt es? Hast du nicht Schule?«

»Schon aus«, sagte Antonia ohne Zögern, »unsere Lehrerin ist krank. Kann ich dich besuchen? Jetzt gleich?«

Die Sonne schien, der Schnee war seit einigen Tagen geschmolzen. Antonia nahm das Fahrrad. So würde sie schneller sein als mit der Straßenbahn. Auf ihrem Rücken spürte sie den Rucksack. Der Schlüssel war darin und die erste Klavierschule.

Dieses Mal brauchte sie nicht den Kellereingang zu nehmen. Die Großmutter erwartete sie bereits an der Haustür. Als sie ins Esszimmer kam, war schon für das

Mittagessen gedeckt, auch wenn es noch nicht einmal zwölf Uhr war, und Frau Köttge erkundigte sich, ob Antonia denn auch Rotkohl und Sauerbraten möge. Antonia war, als hätte Frau Köttge ihr kurz zugezwinkert. Verlegen lächelte sie zurück.

Sie hat mich nicht verraten, dachte sie. Ihre Brust dehnte sich, sie atmete tief ein. Hier gehörte sie her, hier war sie zu Hause, hier war das Klavier.

Nach dem Essen wartete Antonia, bis die Großmutter im Bett war und Frau Köttge in der Küche fertig war und sich verabschiedet hatte. Dann schlich sie in den Keller und spürte wieder dieses Prickeln im Nacken, als sie den Schlüssel ins Schloss steckte.

»Da bin ich wieder«, murmelte sie, als müsste sie die Tür besänftigen, um Einlass zu erhalten. Doch dann erstarrte ihre Hand, der Schlüssel fiel fast herunter und Antonias Atem stockte.

Die Tür war nicht verschlossen.

Sie brauchte nur die Klinke herunterdrücken und schon öffnete sie sich. Ihre Gedanken eilten zurück und blieben hängen, als sie von Frau Köttge in dem verbotenen Raum überrascht wurde. Hatte sie vergessen die Tür abzuschließen? Auch die Lampe stand noch da wie beim letzten Mal. Natürlich. Antonia hatte nur das Klavier zugedeckt. Die Lampe hatte sie stehen lassen. Doch sowie Antonia die Lampe angemacht hatte, sah alles aus wie immer. Bestimmt hatte sie nur vergessen die Tür abzuschließen, weil sie sich so erschrocken hatte. Und weil Frau Köttge nicht sehen sollte, dass sie den Schlüssel besaß.

Den Schlüssel zur verbotenen Tür, dachte sie und lächelte zufrieden. Es war wie im Märchen. Nur sie selbst hatte Zugang zu diesem verborgenen Raum, nur sie allein durfte dieses Klavier besuchen, durfte es anfassen und streicheln, es füttern und in den Schlaf singen. Dieser Gedanke gefiel ihr so, dass sie begann ein kleines Lied zu singen, und erst nach einer Weile bemerkte sie, dass sie selbst gebannt ihrer eigenen Stimme zugehört hatte. Wie schön war es doch, wenn jemand einem etwas vorsang. Die Mutter hatte es nie getan. Wie schön war es, einer Musik zu lauschen, nichts zu tun als zuzuhören. Sanft hob sie den Schonbezug ab und klappte den Deckel auf. Die Tasten sahen gelb und verschlissen aus, das fiel ihr jetzt auf. Sie waren alt, an manchen war das Elfenbein gebrochen oder rissig und die mittleren Tasten hatten einen braunen Rand. Das Klavier bei Leon und auch der Flügel in der Schule hatten so strahlend weiße Tasten, so glatt und sauber! Langsam begann Antonia mit dem Taschentuch an den braunen Rändern zu reiben, befeuchtete es mit Spucke und rieb kräftig. Schon verblich das hässliche Braun, und als sie weiterrieb, wurde die Taste allmählich weißer.

»Tut mir Leid, dass ich dich so lange allein gelassen habe«, flüsterte sie und legte die Finger auf die sauberen Tasten. Auf einmal fühlten sie sich an, als ob sie atmeten, die Feuchtigkeit schien ihnen gut getan zu haben, sie fügten sich an die Finger, passten sich ihnen an wie willige kleine Kobolde.

Schon begannen die Finger ihre Wege zu finden, zögernd erst, dann immer sicherer und schneller. Ein Stück nach dem anderen ertönte in dem finsteren Keller, Lieder aus dem alten Klavierbuch wie »Ännchen von Tharau«, »Es waren drei Bauern« oder »Maientanz«.

Antonia versank in den Tönen ihres Klaviers, das vielleicht ein bisschen verstimmt war, doch nachsichtig achtete sie nicht darauf, und als sie alle Stücke gespielt hatte, sprang sie auf.

Mozart! A-Dur-Sonate, dritter Satz.

Vorsichtig öffnete sie den Karton mit den Noten und holte alle Notenbücher heraus. Sie suchte und wühlte und dann fiel etwas aus einem der Notenbücher und rutschte mit einem trockenen Zischen über den Kellerboden.

Es war ein Foto.

Antonia hob es auf und hielt es in den Schein der Lampe. Ein Junge war darauf zu sehen, vielleicht zwölf oder dreizehn Jahre alt. So alt wie ich!, durchfuhr es Antonia kurz. Der Junge trug einen Anzug und stand auf einer Bühne, im Hintergrund war ein Flügel zu sehen. Er lächelte verlegen, hielt die Hände steif an den Seiten, die Füße ein wenig schief. Wer war das?

Antonia drehte und wendete das Foto. Sah der Junge Onkel Paul ähnlich? Vielleicht Onkel Robert? Oder dem Großvater? Nein, so alt war das Foto nicht, entschied Antonia und drehte es um. Auf der Rückseite stand etwas geschrieben.

Der erste große Erfolg meines begabten Schülers, stand da mit ausgeblichener Tinte. Darunter ein Datum: 14. 4. 1984. Und ein Schriftzug, wohl ein Name, unleserlich.

Antonias Herz begann wild zu klopfen. Hier war der Klavierspieler zu sehen. Sie brauchte nur noch herausfinden, wer es war. Ihm gehört dieses Klavier, ganz sicher. Oder ihm hatte es gehört, fügte sie in Gedanken hinzu. Denn nun gehörte es ihr.

Sie steckte das Foto in ihren Rucksack und fuhr mit der

Suche fort. Schließlich fand sie ein dünnes Notenheft, auf welchem acht Köpfe abgebildet waren, offenbar alles Komponistenköpfe, in der Mitte stand der Titel: »Die allerersten Klassiker und Romantiker«.

Aufgeregt blätterte sie die Seiten um, die Noten konnte sie lesen, doch die Stücke waren auf jeden Fall schwerer als in der ersten Klavierschule.

Da! Ihr Herz tat einen Satz. Ein Stück von Mozart!

Doch leider keine A-Dur-Sonate, sondern ein Menuett. Egal, entschied sie und packte das Buch ein. Dann suchte sie weiter. Unter den dicken schwarzen Büchern, auf denen »Aida« und andere Namen standen, lagen die Klaviersonaten von Beethoven. Sie hob ein Notenbuch nach dem anderen heraus. Schubert. Brahms.

Robert. Der Name sprang ihr wie ein Dorn ins Auge. Robert? Sie las weiter. *Robert Schumann.* Ach so. Also weiter.

Endlich, unter weiteren Opernbüchern fand sie Mozart.

Hastig stopfte Antonia die beiden dicken Bücher mit Mozarts Noten in ihren Rucksack. Dann hörte sie ein Geräusch.

Jemand kam die Treppe herunter. Deutlich waren die Schritte auf den Stufen zu hören. Rasch packte Antonia alles zusammen, löschte das Licht und schlich zur Tür. Der Schonbezug!, durchfuhr es sie. Doch zu spät. Nun hatte sie ihr großes Tier nicht zugedeckt, nun musste es ohne Decke schlafen bis zum nächsten Mal.

Antonia verfolgte die Schritte der Großmutter, jetzt war sie in der Küche, Wasser rauschte, sie setzte Kaffee auf.

Vorsichtig öffnete Antonia die Tür und tat den einen

einzigen Schritt, der sie von der anderen Welt trennte. Dann zog sie die Tür hinter sich zu. Zum Abschließen war keine Zeit, entschied sie und huschte hastig ein paar Stufen die Treppe hinauf, nur um dann polternd von oben herunterzulaufen.

»Ich hab gar nicht gehört, dass du aufgestanden bist«, rief sie erleichtert der Großmutter zu und war stolz, weil das noch nicht einmal gelogen war.

10

»Wie alt ist eigentlich der Baum im Garten?«, fragte Antonia und war selbst überrascht über diese Frage.

Wollte sie nicht viel eher fragen, wer auf dem Foto zu sehen war, das sie gefunden hatte?

Die Großmutter beugte sich vor, als müsste sie sich erst wieder erinnern an den großen Baum im Garten. Sie schaute aufmerksam durch das Fenster und nickte unmerklich.

»Früher hast du immer ganz oben in der Krone gesessen«, sagte sie schließlich. »Weißt du noch? Wir haben dich so oft suchen müssen. Aber ich wusste schon, dass du dich dort versteckt hieltest, um zu singen«, fügte sie leise hinzu.

»Um zu singen?«, fragte Antonia und versuchte sich zu erinnern. Doch sie hörte keine Stimme.

Die Großmutter nickte nur und schwieg.

»Und wie alt ist der Baum nun?«, fragte sie weiter.

Die Großmutter zuckte mit den Schultern.

»Was weiß ich? Er stand schon hier, als wir hier einzogen. Vielleicht ist er vierzig Jahre alt. Deine Mutter ist ja selbst als Kind hinaufgeklettert und die Jungen auch.«

Die Jungen. Das waren Paul und Robert, dachte Antonia und hielt den Atem an.

Doch die Großmutter schwieg.

»Erzähl mir doch ein bisschen«, bat Antonia, »wie es früher so war. Mama erzählt uns nie was. Ich möchte so gern wissen, wie es bei euch war, als Großvater noch lebte und Onkel Robert.«

Nun war es ausgesprochen, dieses Wort, das niemals

fiel, dieser Name, der immer im Raum stand und den nie jemand aussprach. Außer vielleicht Onkel Paul, wenn er betrunken ist, dachte Antonia, wie am Neujahrstag. Sie sah die Großmutter an.

»Ach Tonilein, das kann ich nicht«, seufzte die Großmutter nach einer kurzen Pause und strich sich müde über die Augen. »Es gibt nichts zu erzählen. Dein Großvater war ein lustiger Mann und wir haben viel zusammen gespielt und gelacht. Deine Mutter hat er sehr gern gehabt, sie war ihm früher sehr ähnlich.«

»Jetzt nicht mehr?«, fragte Antonia atemlos.

Gedankenverloren sah die Großmutter aus dem Fenster. Antonia wagte nicht, sich zu rühren. Sie sah zur Großmutter und wartete. Schließlich wandte die Großmutter ihren Blick zurück ins Zimmer, schwer fiel es ihr, das erkannte Antonia an den Falten, die nun auf der Stirn lagen und ihrem Gesicht eine Traurigkeit verliehen, die Antonia erschreckte.

»Seit Robert nicht mehr da ist, ist alles anders«, murmelte die Großmutter und strich mit ihrer einen Hand leicht über die andere. Es klang wie ein trockenes Rascheln zwischen Blättern. Immer wieder raschelte es. Am liebsten hätte Antonia die Hände der Großmutter in ihre genommen und sie festgehalten. Doch die Großmutter schien so weit weg von ihr, dass sie sich nicht traute, und auch das Schweigen, das nun eintrat, konnte sie nicht mehr unterbrechen. Stumm schaute sie hinüber zu ihrem Baum.

Schließlich stellte sie vorsichtig die Tasse auf den Tisch, wobei sie versuchte jedes Geräusch zu vermeiden. Die Großmutter saß zusammengesunken in ihrem Sessel und schien zu dösen. Hilflos sah Antonia zu ihr hinüber und hatte den Wunsch, irgendetwas zu tun, um sie wieder aufzumuntern. Fiel ihr etwas Komisches von Tim ein? Konnte sie etwas aus der Schule erzählen? In ihrem Kopf war nur Leere. Schließlich legte sie der Großmutter eine Hand auf die Schulter und sagte leise: »Brauchst du deine Pillendose?«

Die Großmutter schien zu erwachen, kaum merklich streckte sie den gebeugten Rücken und hob den Kopf.

»Danke, Herzchen, das ist lieb von dir. Vor heute Abend brauch ich sie nicht. Aber wie ist es mit dir? Musst du nicht allmählich nach Hause? Macht Mama sich denn keine Sorgen, wo du bleibst?«

Erschrocken sah Antonia auf die Uhr. Schon halb fünf! Hastig brach sie auf, spürte den schweren Rucksack auf dem Rücken und empfand auf einmal ein bedrückendes Gefühl von Schuld. Durfte sie einfach die Noten mitnehmen? Konnte sie die Großmutter so belügen und hintergehen?

»Vielen Dank! Und ruf bitte zu Hause an, dass ich gleich komme«, bat sie die Großmutter und schwang sich auf das Fahrrad. Die Großmutter nickte und sagte, sie solle vorsichtig fahren und bald wiederkommen.

»Nächste Woche!«, rief Antonia. »Nächste Woche komm ich wieder!«

Doch sie kam schon am Freitag wieder, im Rucksack »Die allerersten Klassiker und Romantiker« und das dicke Buch mit den Mozart-Sonaten.

Sie hatte schreckliche Tage hinter sich. Das Üben auf dem Pappklavier war fast unmöglich, zumindest wenn sie ein neues Stück lernen wollte, ohne zu wissen, wie es klang. Antonia hatte sich abgemüht und versucht beim Lernen der Noten die Melodie zu summen, doch je mehr

Tage vergingen, desto verschwommener wurde ihre Erinnerung an jene Töne, die der Musiklehrer so mühelos hervorgezaubert hatte. Also hatte sie kurzerhand den Sportunterricht ausfallen lassen, sich aufs Fahrrad gesetzt und die Großmutter überrascht.

Frau Köttge setzte schnell noch ein paar mehr Kartoffeln auf, die Großmutter umarmte Antonia und sagte, wie sehr sie sich freue. Doch Antonia dachte nur an das Klavier im Keller, das ihr endlich verraten sollte, wie der dritte Satz der Sonate A-Dur wirklich klang. Kaum war der Tisch abgeräumt, wartete Antonia, dass die Großmutter sich in ihr Zimmer zurückziehen würde. Dann wartete sie, dass Frau Köttge in der Küche fertig wurde und nach Hause ging. Sie selbst saß am Fenster und empfand eine unerträgliche Spannung. Sie horchte auf jeden Schritt im Haus, auf den Treppen, im Flur, es war, als würden ihre Gehörgänge in jeden Winkel fahren und alles überwachen.

Endlich war kein einziges Geräusch mehr zu hören. Das Haus still und leer. Verstohlen stieg sie die Treppe hinunter und öffnete die Tür, ließ den Lichtschwall vom Flur her in den düsteren Raum fallen und wollte schon eintreten, da stockte ihr Schritt und ihr Herz tat einen Satz und hielt dann still.

Dort hinten an der Wand, kaum zu erkennen unter dem Schonbezug, stand das Klavier, zugedeckt und verborgen. Aber Antonia wusste genau, wie sie beim letzten Mal mit Bedauern dachte, dass nun ihr Klavier dieses Mal ohne Decke schlafen musste. Ganz genau wusste sie es!

Es musste also jemand hier gewesen sein. Jemand musste den Schonbezug über das Klavier gehoben haben! Es sei denn …

Verwirrt trat Antonia ein, machte Licht und ging zurück, um die Tür zu schließen. Es sei denn, sie verlor allmählich den Bezug zur Wirklichkeit. Alles hier unten war geheim und verborgen. Niemand war da, dem sie davon erzählen konnte, und niemand konnte zu ihr sagen, nein, das war doch ganz anders, du hast das Licht ausgemacht, nachdem du das Klavier zugedeckt hast. Nein. Niemand, mit dem sie diese Welt teilen konnte. Sie war ganz allein.

Doch da stand es nun, hell erleuchtet vom Schein der kleinen Lampe wie von einem heimlichen Bann, und wartete nur auf sie. Antonia streckte die Hände vor und tauchte ein in das Licht, in den Bann und schon waren die Zweifel und Ängste verschwunden, der Bann hielt sie fest umschlungen und zog sie zu sich hin.

»Hallo du«, flüsterte sie und schmiegte ihr Gesicht gegen den staubigen Schonbezug, lüftete ihn und zog ihn hoch und fort, öffnete den Deckel und ließ die Finger über die Tastatur gleiten. Mit zitternder Erregung schlug sie die Noten auf und ließ die ersten Töne erklingen, unsicher und holprig fuhren die Finger über die Tasten, allmählich ordneten sich die Töne und Rhythmen, die kurzen Vorschläge wurden flüssiger und ließen die Melodie aufleuchten wie ein fernes Licht in einer dunklen Ebene.

Die linke Hand wehrte sich zunächst gegen den Walzertakt, nur langsam passte sie sich an und ließ der rechten Hand den Vortritt, die Zeit flog dahin, schon hörte Antonia die Großmutter oben im Bad, dann folgten Schritte auf der Treppe. Schnell ließ sie die Noten in den Rucksack gleiten, zu kurz war die Zeit, morgen schon musste sie wiederkommen, wie ein Fieber ergriff sie eine Sehnsucht, der sie immer mehr verfiel.

Den Schonbezug legte sie dieses Mal in die Ecke, keine Zeit vertun. »Bis morgen«, murmelte sie und löschte das Licht, schlich hinaus in den Kellerflur und hinein in die benachbarte Küche, stellte den Teekessel auf und summte ein fröhliches Lied.

Von nun an verließ Antonia immer öfter die Schule zwei Stunden früher, um zur Großmutter zu fahren. Dort aß sie zu Mittag und ging danach in den Keller zu ihrem Klavier, während die Großmutter sich hinlegte und Antonia so tat, als würde sie Hausaufgaben machen. Um die Schule machte Antonia sich keine Sorgen. In den letzten Stunden hatte sie entweder Sport oder eine AG, die oft genug ausfiel, und am Mittwoch war sowieso früher Schluss. Die Klassenlehrerin würde bestimmt nicht merken, dass sie ein paar Stunden fehlte, davon war Antonia überzeugt.

Während die Großmutter schlief, übte Antonia den Türkischen Marsch weiter. Wie anders war diese Musik, ganz anders als diese öden Tanzstückchen oder Bauernlieder. Aber auch schwer. Antonia musste Note für Note mit jeder Hand einzeln üben und erst nach mehreren Tagen war sie mit beiden Händen so sicher, dass sie ein paar Takte zusammen spielen konnte. Es klang so schön! Die Melodie der Seele, dachte Antonia, sie kann auch fröhlich sein.

Neben dem Türkischen Marsch brachte sie sich aus dem Heft »Die allerersten Klassiker und Romantiker« das kleine Menuett von Mozart bei. Als sie es nach ein paar Tagen spielen konnte, suchte sie sogleich ein anderes Stück von Mozart aus, ein Allegro, und es klang wieder so wehmütig, dass Antonias Herz weit wurde von all jenen Gefühlen, die sie nun endlich spüren konnte.

»Weiß deine Mutter eigentlich, dass du fast immer bei mir zu Mittag isst?«, fragte die Großmutter eines Tages.

Antonia nickte. »Der ist es bestimmt recht«, sagte sie ohne Zögern. »Aber sag ihr lieber nicht, dass ich so oft komme. Sonst denkt sie nur, ich mach meine Hausaufgaben nicht ordentlich.« Dabei zwinkerte sie der Großmutter verschwörerisch zu.

»Okay«, lächelte die Großmutter zurück und hob die rechte Hand, »ich schweige wie ein Grab.«

Wüsste die Mutter, was Antonia bei der Großmutter wirklich machte, wäre es ihr bestimmt nicht recht gewesen, da war sich Antonia sicher. Doch die Mutter hatte nicht die leiseste Ahnung. Sie kam immer erst nachmittags von ihrer Arbeit als Krankengymnastin zurück und brachte Tim vom Kindergarten mit. Dann war auch Antonia wieder da. Das Essen, das zum Aufwärmen bereitgestellt war, tat Antonia in eine Plastiktüte und warf es auf dem Weg zur Großmutter in eine Mülltonne. Niemand konnte auch nur etwas ahnen von Antonias heimlichen Besuchen. Alles hätte ewig so weitergehen können.

11

Eines Mittags nach dem Unterricht überlegte Antonia gerade, ob sie noch schnell bei der Großmutter vorbeischauen sollte, weiter hinten im Schulflur sah sie Julia mit anderen Mädchen lachen, da trat Herr Weiß auf sie zu.

»Hallo, Toni«, sagte er. »Mein Freund Schiller wartet auf dich. Was ist los? Warum hast du dich nicht bei ihm gemeldet?«

Antonia erschrak aus ihren Träumen und starrte Herrn Weiß an. Schiller? Wer war das? Dann erinnerte sie sich. Es war der Klavierlehrer.

»Oh«, sagte sie und wurde rot vor Verlegenheit, »das hab ich ganz vergessen.«

Sie spürte den Blick des Musiklehrers auf sich ruhen. Unruhig scharrte sie mit den Füßen. Was wollte er denn bloß von ihr?

»Na, macht nichts«, sagte Herr Weiß. »Er erwartet dich heute um fünfzehn Uhr.«

Antonia erschrak. Klavierstunden? Das ging doch nicht!

»Ich … ich kann nicht!«, platzte es aus ihr heraus. »Das geht nicht, auf keinen Fall!«

Herr Weiß beugte sich vor. »Es liegt am Geld, stimmt's?«, fragte er leise. Dann legte er seine Hand auf Antonias Schulter. »Geh trotzdem hin. Geld ist doch nicht alles. Manchmal wenigstens. Du bist so begabt! Er wird dir Stunden geben und bezahlen kannst du auch später.«

Plötzlich schossen Antonia Tränen in die Augen. *Mozart, A-Dur-Sonate, dritter Satz,* flüsterte es in ihr und eine heiße Welle von Sehnsucht und Verzicht stieg in ihrem Körper auf, rollte über sie hinweg und hinterließ verwüstete Träume.

»Ich … ich kann nicht«, flüsterte Antonia noch einmal.

»Also«, sagte Herr Weiß langsam, »wenn das so ist, dann bring ich dich selbst hin. Jetzt gleich.«

Ehe Antonia protestieren konnte, schob er sie bereits vor sich her durch die Flure, durch die große Schwingtür, quer über den Eingangsbereich zum Parkplatz.

Nur wenige Wochen zuvor war sie ähnlich aus der Schule geflohen, nur Musik im Kopf, in den Beinen, ohne zu wissen, was sie tat. Ebenso wenig schien sie heute zu wissen, was sie tat. Was wollte sie? Warum folgte sie dem Musiklehrer? Warum lief sie nicht davon, nach Hause, in den Keller. War es nicht viel einfacher, sich im Keller zu verkriechen und dort weiter heimlich Klavier zu spielen? Wollte sie wirklich, dass jemand wusste, was sie mit so großer Sorgfalt zu verbergen suchte?

Schweigend saß sie neben Herrn Weiß im Auto und sah auf die vorüberziehenden Häuserzeilen. Dann hielt das Auto an. Sie betraten ein großes Haus und schon im Treppenhaus erklang die wundervollste Musik. Rasante Läufe, kräftige Akkorde, eine Melodie erhob sich, entfernte sich weiter und weiter fort, verlor sich in fremdartigen verwickelten Verzierungen und stürzte überraschend ihrem Ende zu.

Die Stille danach war tief und endlos.

»Chopin«, sagte Herr Weiß, als würde er nicht achten auf diese Stille, in der ein langes Warten lauerte auf eine Fortsetzung oder eine Wiederholung oder auch nur auf irgendeinen weiteren Ton. »Herrlich, nicht?«

Antonia schluckte. Chopin. Hatte sie diesen Namen schon einmal gehört? Im Widerhall der Klänge hockte das Warten, bereit zum Losspringen. Sofort wollte sie alle Stücke von Chopin hören, und nicht nur hören, nein, spielen wollte sie sie!

»Ja«, krächzte sie heiser, »wunderbar.«

Sie stiegen drei Treppen hoch. Kaum hatte Herr Weiß geklingelt, öffnete ein alter Mann die Tür.

»Das ist sie«, sagte Herr Weiß und schob Antonia zur Tür hin.

»Aha«, sagte der alte Mann und hielt ihr eine fleischige Hand hin, die sich merkwürdig weich und warm anfühlte. »Willkommen!«

Er trat zurück und ließ Antonia und Herrn Weiß eintreten.

Antonia war überrascht. Das sollte der Klavierlehrer Schiller sein? Konnte ein alter Mann so herrlich Klavier spielen? Schüchtern trat sie ein paar Schritte in den Flur und blieb stehen.

Schiller ging an ihr vorbei und öffnete eine Tür.

»Nur herein mit euch! Ich hab gar nicht so früh mit euch gerechnet!« Er lachte leise und ging voran in ein Zimmer, in dessen Mitte ein großer Flügel stand. Neben den Fenstern bedeckten hohe Regale die Wände, voll gestopft mit Büchern und dicken Notenbänden. In einer Ecke befand sich ein großer Sessel, eine altmodische Stehlampe und ein kleiner Tisch, der überhäuft war mit Papieren. Darüber hingen Fotografien in verschiedensten Rahmen an der Wand. Ein Glasschrank, ebenfalls überfüllt mit Büchern, Zeitschriften und Noten, stand neben der Tür.

Behände schritt Schiller zum Flügel und wies auf die

breite Sitzbank davor. Er selbst hockte sich auf einen schmalen Stuhl und sah zu Antonia hin, die noch immer neben der Tür stand.

»Keine Angst«, flüsterte Herr Weiß ihr zu. »Zeig ihm, was du kannst!«

Den Blick starr auf die glänzende Tastatur gerichtet, näherte Antonia sich dem Flügel. Ihr war plötzlich, als müsste sie dieses fremde Tier erst zähmen. Würde es ihr gehorchen, wenn sie ihm Befehle gab? Endlich saß sie auf der Bank. Sie war ungewohnt hoch. Auf dem Stuhl im Keller saß sie immer viel tiefer. Irritiert schaute Antonia an der Sitzbank herunter.

»Ist sie nicht richtig eingestellt? Tiefer oder höher?«, fragte Schiller auch schon und drehte bereits an einem breiten Knopf, der sich seitlich an der Sitzbank befand.

Überrascht sah Antonia dem alten Mann ins Gesicht. Woher wusste er, was sie brauchte? Woher konnte er ahnen, dass sie nicht richtig saß? Verwirrt nickte sie, als er die Höhe nach unten regulierte, und lächelte dankbar.

»Schön«, sagte Schiller und strich Antonia kurz über die Schulter. »Ich hab schon von dir gehört. Maurice hier meint, du hättest kaum richtigen Unterricht und würdest sehr begabt und musikalisch spielen. Ist das richtig?«

Antonia starrte auf all die Notenbücher, die auf dem Notenbrett aufgeschlagen hintereinander und übereinander standen und in denen sich schwarze Noten in einer Menge tummelten, dass ihr schwindlig wurde.

»Schau nicht hin«, murmelte Schiller und nahm die Notenbücher herunter. »Erzähl. Oder spiel einfach.«

Verwundert sah Antonia, wie ihre Hände sich hoben und auf die Tastatur senkten. Ihre Finger suchten den richtigen Platz, rieben sich kurz an dem strahlend weißen Elfenbein, das neu und sauber roch und so glatt war, dass sie fürchtete, die Finger würden darauf ausrutschen. Einen Atemzug lang hielt sie inne und hörte im Voraus das kleine Menuett, das sie spielen wollte, dann begann sie.

Ohne zu denken, ließ sie ihren Fingern freien Lauf und die Finger fanden ihren Weg, die kleine Melodie verband immer zwei Töne, die anderen sprangen im kurzen Stakkato, wieder zwei gebunden, und zwei Stakkato, Achtel und Viertel, Achtel und Viertel, während die linke Hand in langen Noten die Schritte und Sprünge begleitete. Plötzlich sah Antonia Menschen in Perücken und feinen Kleidern vor sich, wie sie vornehm und langsam zu dieser Musik dahinschritten und sich bei einer Wendung drehten, verbeugten und wieder schritten.

Kaum war das Menuett zu Ende, spielte sie das Allegro und dann sah sie kurz zu Herrn Weiß hinüber und flüsterte: »Dieses kann ich noch nicht so richtig«, dann begann sie mit dem ersten Teil vom Türkischen Marsch.

Schließlich hielt sie die Hände still über den Tasten und horchte auf den Nachhall im Flügel, fast war ihr, als müssten die Töne sich erst wieder zur Ruhe legen in ihrem langen geschwungenen Bett, ehe sie selbst sich zurückziehen durfte. Als keine Schwingung mehr über den Saiten zitterte, legte sie die Hände in den Schoß.

Auf einmal schämte sie sich. Was tat sie hier? War ihre Musik nicht absolut heimlich? Warum hatte sie alles verraten?

Verlegen hob sie den Blick und schaute zur Tür. Vage nahm sie wahr, dass Schiller neben ihr aufstand und um den Flügel herum zu Herrn Weiß ging. Dabei schwieg er und räusperte sich nur ein paar Mal. War sie so schlecht, dass niemand etwas sagen mochte?

Plötzlich stand Schiller hinter ihr, legte seine Hände auf ihre Schultern und sagte ruhig: »Prächtig. Ganz prächtig. Wer hat dir das beigebracht?«

Antonia versuchte aufzustehen, doch seine Hände hielten ihre Schultern dort, wo sie waren.

»Ich habe …«, sagte sie und brach ab.

»War es nicht deine Tante?«, sprang Herr Weiß ihr bei.

Antonia wand sich unter den breiten Händen fort und erhob sich. »Meine Tante«, fing sie an, »hat mir alte Noten gegeben, ja, und ich …«

Ihre Stimme verebbte wie eine Welle, die den Strand erreicht hat.

Der Strand, das war Schiller. Er hatte gehört, was Antonia sagte. »Du hast es dir alles allein beigebracht, nicht wahr?«, fragte er leise. »Etwa auch die Noten?«

In seiner Stimme schwang neben dem Staunen ein großes Wissen mit, eine Beruhigung, eine Sicherheit.

Nun brauchte sie nur noch zu nicken, das war leicht und irgendwie fühlte sich jetzt alles ganz leicht an, zum Davonfliegen leicht. Sie schaute auf und begegnete Schillers Blick, der auf ihr geruht hatte. Kurz nickte er, lächelte und zeigte auf die Sitzbank.

»Wirklich großartig. Und? Willst du nun richtig Klavierspielen lernen? Es gibt viel zu tun. Setz dich. Leg deine rechte Hand auf die Tasten. Drücke jeden Ton einzeln herunter und wippe mit dem Handgelenk locker mit. Spürst du, wie der Ton anders herauskommt? Hörst du es? Mach es noch einmal, nur die fünf Töne. Locker die Hand. Lass sie wippen mit jedem Ton, herunter mit ihr! Das nennt man Anschlag, verstehst du? Jetzt die linke Hand. Nicht zusammen! Jede einzeln für sich. Und der Finger bleibt fest, verstehst du? Fest bleibt er und hält den Ton, ja, gut! Du musst erst den richtigen Anschlag lernen, bevor du den Türkischen Marsch spielst. Keine Sorge, das kriegen wir in ein paar Wochen hin.«

Während Schiller so mit ihr sprach, verlor Antonia allen Mut.

Ein paar Wochen nur den Anschlag üben? Handrücken rauf und runter, rauf und runter? Wo sollten all die Töne und Klänge so lange auf sie warten? Zugleich fühlte sie sich wie die Melodie, die vorhin im Treppenhaus erscholl. Viele Umwege war sie gegangen und nun endlich kam sie irgendwo an.

So saß Antonia da und überließ ihre Hände einem Klavierlehrer, der ihre Handrücken auf und ab schwingen ließ, auf und ab, sie hielt die Finger fest wie angewachsen auf der Taste und wusste, dass sie niemals mehr auf ihrem Pappklavier üben würde. Es war eben kein echtes Klavier. Nein, es war gerade mal gut genug, um die Illusion zu haben, Klavier zu spielen. Nun begann sie wirklich damit.

»Sehr tapfer«, murmelte Schiller, nachdem Antonia wohl zum zwanzigsten Mal immer die gleichen Tasten heruntergedrückt hatte, erst mit der rechten Hand, dann mit der linken. »Du begreifst sehr schnell. Darum wird dies hier nicht allzu lange dauern, dann kannst du deinen Mozart spielen oder Beethoven und Schubert.«

Aufmerksam sah Antonia ihn an. »Chopin«, sagte sie.

Schiller lächelte nachsichtig. »Natürlich, auch Chopin wirst du lernen. Hier sind deine Fingerübungen bis zum nächsten Mal.«

Er reichte ihr ein Blatt mit Zeilen voller schwarzer Notenköpfe. »Nur die erste Reihe, rechts und links getrennt, hörst du? Das ist wichtig.«

Antonia zögerte. Das nächste Mal, wann sollte das sein?

Sie nahm das Blatt und legte es zurück auf den Flügel. Kein nächstes Mal. Keine Fingerübungen. Sie würde weiter heimlich alla turca spielen im Keller der Großmutter, das war sowieso besser. Hier, in der anderen Welt, wo jeder sich einmischen konnte und wo sie Dinge gut oder nicht gut machen konnte, hier war es zu gefährlich.

Dankbar strich Antonia über den glänzenden Lack des Flügels wie über den Hals eines Pferdes, das einen sicher und weit getragen hat. Sie war bereit abzuspringen.

Schiller jedoch nahm das Notenblatt, drückte es ihr wieder in die Hand und sagte: »Du willst doch jetzt nicht einen Rückzieher machen, oder? Wann kannst du kommen? Und noch etwas: Über die Bezahlung reden wir erst, wenn du ein Stück von Chopin gelernt hast, abgemacht?«

Dann winkte er Herrn Weiß heran.

»Und du«, rief Schiller zwinkernd, »du garantierst mir, dass dieses Mädchen wieder herkommt!«

Damit legte er seine warme weiche Hand auf Antonias Schulter und drückte sie ein wenig. Antonia kam es vor wie ein Handschlag, der ein Versprechen besiegelt. Verwirrt sah sie Schiller an, ihr Blick glitt über sein großes Gesicht mit den rosigen Wangen und blieb für einen Wimpernschlag in seinen Augen ruhen. Seine Augen blickten sie an, als würden sie sie schon immer kennen, gelassen, ruhig und zuversichtlich, so als wüsste Schiller genau, dass Antonia wiederkommen würde.

»Okay«, murmelte Antonia.

Ihr Mund war trocken. Sie drückte das Notenblatt an sich und schaute noch einmal zum Flügel hinüber. Dann ging sie zur Tür und bemerkte beim Hinausgehen, wie Herr Weiß seinem Freund den Arm um die Schulter legte.

»Hab ich dir zu viel versprochen?«, flüsterte er deutlich hörbar.

»Nein, ganz im Gegenteil«, entgegnete Schiller und in seiner Stimme lag eine sonderbare Betonung, die Antonia nicht so recht verstand.

12

Als Antonia zu Hause ankam, war niemand da. Einerseits war sie froh, dass sie keinem erklären musste, warum sie so spät aus der Schule kam. Auf der anderen Seite war sie völlig aufgewühlt. Am liebsten hätte sie von Schiller und dem Flügel und den Fingerübungen erzählt. Doch das war unmöglich.

Rastlos lief sie in der Wohnung hin und her, über den Flur, in ihr Zimmer, zurück über den Flur, in die Küche, ins Wohnzimmer, ins Esszimmer, wieder über den Flur. Schließlich ging sie zurück ins Wohnzimmer und schaltete das Radio ein. Sie drehte ein wenig den Sender. Musik erklang. Zwei Flöten rangen miteinander, wer die schönste und die beste und die kräftigste war. Das Orchester verfolgte den Kampf von ferne. Antonia stellte das Radio ganz laut und warf sich aufs Sofa. Endlich einmal Musik hören!

Plötzlich schienen die Flöten genug zu haben von ihrer Rangelei, sie zogen sich zurück und begutachteten sich aus sicherer Entfernung, das Orchester witterte seine Chance und drängelte sich vor, während die Flöten schließlich einträchtig nebeneinander hergingen.

Antonia schloss die Augen. Sie hörte die Musik, jede Faser ihres Körpers nahm den Lauf der Töne auf und folgte ihm, jede Zelle ihrer Haut saugte das Laut und Leise und das Schneller und Langsamer auf.

So fern war sie bald, dass sie sich wie in einer anderen Welt verloren glaubte, als die Mutter vor ihr stand.

Ihr Gesicht wirkte flach, so weiß war es, ihre Augen blitzten und aus ihrem Mund schossen Wörter auf Antonia. Erst als die Mutter die Musik ausgeschaltet hatte, glaubte Antonia ihre Worte verstanden zu haben. Worte, die sie schon einmal gehört hatte.

»*Wie kannst du nur! Was fällt dir ein!* Geh sofort in dein Zimmer.«

Noch immer lag Antonia auf dem Sofa. Doch ihre Beine und Arme hingen wie gelähmt neben ihr und stellten sich taub.

»Hast du nicht gehört?«, rief die Mutter aufgebracht, lief mit ärgerlichen Schritten zum Fenster, riss die Gardine zur Seite und stieß das Fenster auf.

Langsam formte sich Widerstand in Antonias Gedanken. Hatte sie die Luft verpestet? Nein!, schrie es in ihr und sie setzte sich auf.

»Nein!«, sagte sie laut.

Doch die Mutter rannte, ohne auf sie zu achten, hinaus auf den Flur, riss einen Bügel vom Haken und knallte ihn zurück. Dann flog die Küchentür zu.

Antonia bemühte sich ihren Körper wieder zu beleben. Schließlich erhob sie sich, schüttelte sich kurz und ging hinter der Mutter her in die Küche. Sie riss die Tür auf und rief: »Wohnst du hier etwa alleine? Ich bin auch noch da und ich darf verdammt noch mal Musik hören, wann ich will!«

Die Mutter drehte sich ihr zu. Ihre Augen sprühten vor Wut.

»Dann stell sie verdammt noch mal nicht so laut!«, schrie sie zurück.

»Hier darf man doch überhaupt keine Musik hören, egal wie laut!«, schrie Antonia und hörte entsetzt, wie ihre Stimme überschnappte. Plötzlich bekam sie Angst vor ihrem eigenen Mut.

Abrupt drehte die Mutter sich zum Waschbecken und ließ das Wasser rauschen. Sie hielt die Hände in den Strahl, beugte sich dann vor und warf sich Wasser ins Gesicht. Als sie sich wieder aufrichtete, lief das Wasser über ihr Gesicht wie ein breiter Strom Tränen. Sofort wollte Antonia die Mutter umarmen und trösten und sie um Verzeihung bitten für all den Schmerz, den sie ihr bereitete.

»Dann geh doch verdammt noch mal in dein Zimmer!«, stieß die Mutter gepresst hervor.

Sofort wich das weiche Gefühl einer Verbitterung. »Wie denn!«, schluchzte sie. »Ich hab ja noch nicht einmal einen Kassettenrecorder!«

»Und was habe ich beim Bettenbeziehen unter deiner Matratze gefunden?«, schrie die Mutter auf. Es klang wie der Schrei eines verwundeten Tieres.

Antonia wich einen Schritt zurück. Sie schluckte. Sie schüttelte den Kopf. Dann ging sie noch ein paar Schritte zurück und zischte: »Das macht ja wohl keine Musik, oder?«

Die Mutter war ihr gefolgt, dicht vor ihr stand sie jetzt, die Arme in die Hüften gestemmt, ihr Gesicht hoch über ihrem Kopf.

»Und was stellt das dar, wenn nicht eine Tastatur?«, sagte sie scharf. Sie warf den Kopf zurück, ihre Haare wippten über ihren Schultern, die Arme verschränkten sich vor der Brust und ihre Stimme fiel hart auf Antonia herab.

»*Musik verpestet dich,* merk dir das. Am besten, du hältst dich fern von ihr!« Damit schritt die Mutter zurück in die Küche und knallte vor Antonias Nase die Tür ins Schloss.

Antonia rannte in ihr Zimmer, riss das Pappklavier unter der Matratze hervor, zerrte es auf den Flur und begann es zu zerreißen. »Wir haben es für unser Musikthema gebraucht, damit du es weißt«, schrie sie ihrer Mutter zu, »Mozart, wenn du weißt, wer das ist. Wir haben das Thema Mozart, da haben wir so ein Ding nachgebaut!«

Tränen liefen ihr übers Gesicht, ihre Arme zerrten und rissen an dem Pappklavier, das schon in mehreren Teilen auf dem Teppich lag, ihre Stimme rief immer wieder das Gleiche, beinahe glaubte sie selbst an diese Lüge, Mozart, ja, Mozart, alla turca, die Melodie veränderte sich zu einem bösen Lied, Antonia trampelte auf den Pappfetzen herum, »*Heute sing ich, morgen spiel ich und übermorgen hol ich der Großmutter Klavier!*«, hörte sie eine garstige Stimme in sich kreischen. Da jedoch kam Tim, nahm ihre Hand und führte sie in sein Zimmer. Die Stimme verstummte.

Als Antonia später Tims Tür öffnete und auf den Flur spähte, lagen die Fetzen ihres Pappklaviers noch immer auf dem Teppich. Der Anblick beschämte sie. In der Wohnung war es still. Nur Tims Kassettenrecorder spielte wieder einmal Karlsson vom Dach. War die Mutter fortgegangen?

Leise schlich Antonia hinaus und sammelte die Überreste ihres ersten Pappklaviers zusammen. Sie trug alle Schnipsel in ihr Zimmer und legte sie vorsichtig wieder unter die Matratze.

Doch dann überlegte sie es sich anders und holte ein kleines Stückchen mit gerade mal zwei Oktaven wieder hervor. Aus ihrem Rucksack kramte sie das Notenblatt von Schiller, zuvor jedoch stellte sie wieder den Stuhl unter die Türklinke. Und schon drückten ihre Finger imaginäre Tasten, der Handrücken wippte vorschriftsmäßig auf und ab, die Fingerkuppe hielt den Ton so fest, jede einzelne erzeugte ein kurzes deutliches Tappen auf der Pappe, erst rechts, dann links, immer weiter liefen die Finger, bald erklang in Antonias innerem Ohr der rauschende Fluss der Chopin-Etüde, die sie im Treppenhaus gehört hatte, und die Welt um sie herum versank in einem Meer von Klängen und undeutlichen Gedanken.

Erst das Niederfahren der Klinke und dann das energische Klopfen an der Tür ließen Antonia erschrocken auffahren. Voller Panik verstaute sie den Schnipsel des Pappklaviers unter der Matratze, die Noten in den Rucksack und schob schnell den Stuhl fort. Die Mutter war schon wieder auf dem Weg in die Küche.

»Telefon!«, rief sie Antonia zu, warf ihr einen prüfenden und, wie es Antonia schien, einen wohlwollenden Blick zu und verschwand. Bestimmt war die Mutter erleichtert, dass jemand für Antonia anrief.

Immer wenn Antonia einmal länger nicht verabredet war und niemand vorbeikam oder anrief, war die Mutter besorgt und fragte garantiert irgendwann, ob etwas los sei mit ihr oder ob sie Probleme in der Schule hätte.

Antonia fand das albern. Sie konnte die Sorgen der Mutter nicht verstehen. Was war so schlimm daran, mal weniger mit anderen zu unternehmen? Sie war schon immer lieber allein als mit anderen zusammen, das war nun einmal so. In der Schule hatte sie zwar mehrere Mädchen, mit denen sie gern zusammensaß und von denen sie auch mal zum Geburtstag eingeladen wurde, doch außer Julia hatte sie eigentlich keine richtige Freundin. Wenn sie noch ihre Freundin war, dachte Antonia beklommen und nahm den Hörer ab.

Es war Julia. Sie wollte mit Antonia für die Englischarbeit üben. Noch bevor sie einen Vorschlag machen konnte, versprach Antonia erleichtert, gleich rüberzukommen.

Das Lernen war so wie immer. Sie tranken Limo und aßen Salzstangen und fragten sich gegenseitig Vokabeln ab.

Schließlich sagte Julia unvermittelt: »Warum bist du eigentlich in den Pausen immer allein? Warum stehst du nicht mehr bei uns rum wie früher?«

Antonia verschlug es die Sprache. Was sollte sie antworten? Sie wusste selbst nicht, warum das so war. Sie wollte irgendwie in Ruhe gelassen werden, das war alles. Doch sie traute sich nicht, die Wahrheit zu sagen.

»Weiß nicht«, sagte sie vage.

»Hast du Stress zu Hause?« Julias Stimme klang besorgt.

Betroffen zuckte Antonia zusammen. Bilder reihten sich vor ihrem inneren Augen zu einem Durcheinander von Unaussprechlichem. Das Foto, das Klavier, die Kiste voller Noten, der Grabstein, die aufgebrachte Mutter, das Radio, Schillers Flügel, die Pillendose, der Schlüssel. Der Schlüssel.

Mit dem hatte alles angefangen. Verlegen räusperte Antonia sich.

»Kann sein«, sagte sie nur. »Keine Ahnung. Irgendwie ist alles so kompliziert im Moment.«

Julia nickte. Das schien sie zu kennen.

Eine Weile schwiegen sie. Dann sagte Julia: »Ich geh morgen Nachmittag in die Stadt einkaufen. Kommst du mit?«

Sofort nickte Antonia. Sie wollte ihre Freundschaft

nicht wieder gefährden, auch wenn sie viel lieber Radio gehört hätte, bevor die Mutter nach Hause kam.

Am nächsten Nachmittag zog sie mit Julia durch die Innenstadt. Julia wollte sich Schuhe kaufen, doch weil sie keine fand, die ihr gefielen, entschied sie, stattdessen eine Hose zu kaufen. Sie durchstreiften mehrere Geschäfte, ohne etwas Passendes zu finden. Schließlich landeten sie in einem großes Kaufhaus in der CD-Abteilung.

Julia interessierte sich für die aktuellen Hits der Charts. Antonia mochte nicht zugeben, dass sie nicht die leiseste Ahnung hatte von den Namen, Gruppen und Hits. Sie nickte nur immer und meinte, ja, die Gruppe fände sie auch ganz gut, ja, den Titel hätte sie auch schon einmal gehört, nö, den Sänger fände sie auch ganz schön blöd. Nach einer Weile kam sie sich leer und hohl wie eine Puppe vor. Wie kam es nur, dass sie so weit von allem weg war, was andere interessierte?

Julia schien nicht zu bemerken, wie leblos Antonia sich neben ihr fühlte. Sie ging an einen der Kopfhörer-Stände, um in eine CD hineinzuhören. Antonia stand neben ihr, hielt ebenfalls hin und wieder ihr Ohr an den Kopfhörer und sah sich um. Ihr wurde langweilig. Am liebsten hätte sie Julia gesagt, dass sie jetzt nach Hause wollte, da fiel ihr Blick auf ein von der Decke hängendes Hinweisschild. *Klassik* stand da zu lesen.

Klassik. Schnell gab sie Julia ein Zeichen und ging zur Klassikabteilung. Stapelweise stand die Musik alphabetisch nach Komponisten, nach Solisten oder Dirigenten geordnet. Nach A kam B mit Bach, dann kam C wie Chopin. Verwirrt schlug Antonia eine CD nach der anderen um. So viel Kompositionen von Chopin! Welches Stück hatte Schiller gestern wohl gespielt? Sie würde ihn fragen müssen. Vielleicht gab es Chopin auch auf Kassetten, dann konnte sie sich Tims Recorder ausleihen und leise in ihrem Zimmer …

Jemand tippte ihr auf die Schulter. Julia stand hinter ihr und sah überrascht auf die CD, die Antonia gerade in der Hand hielt.

»Mazurkas – was ist denn das?«, fragte sie.

»Keine Ahnung«, erwiderte Antonia leichthin und stellte die CD zurück ins Regal. »Bist du fertig? Wollen wir nach Hause gehen?«

Die Mutter machte ein zufriedenes Gesicht, als Antonia berichtete, sie sei mit Julia in der Stadt gewesen. Bestimmt war die Mutter beruhigt, weil sie etwas mit Julia unternommen hatte.

Antonia ging in ihr Zimmer und schaute in ihre Spardose. Darin waren fast neunzig Euro.

Am nächsten Tag fuhr sie allein in die Stadt und kaufte sich einen tragbaren CD-Player mit kleinen Kopfhörern und eine CD mit der Mozart-Sonate A-Dur, der Türkische Marsch war unter der Nummer drei zu hören. Noch im Geschäft packte sie alles aus, tat Batterien in den CD-Player und legte die CD ein. Zunächst wusste sie nicht, wie das Gerät zu bedienen war, doch irgendwann ging es schließlich an.

Die Musik, die nun vom Kopf her in ihren Körper strömte, füllte sie ganz aus. Die Musik, die Antonia bisher nur in Gedanken gehört hatte, diese Musik, die schon fast verblasst war, wo nur noch Fetzen in der Erinnerung klangen und drohten zu entschwinden, diese Musik war nun real und dennoch nur in ihrem Kopf zu hören und – das war das Schönste daran! – mit einem Knopfdruck konnte sie sie wieder und wieder hören.

Von Glück überströmt wie von einer warmen Dusche ging Antonia aus dem Geschäft, taub für die hektischen Geräusche und den Straßenlärm, der zarte Beginn der Sonate erklang in ihren Ohren – und nur in ihnen! – und nahm scheinbar einfach und schlicht seinen komplizierten Lauf. Da, endlich kam nach einigen Variationen, wie sie auf dem Label lesen konnte, der alla turca. Und nun entfachten diese herrlichen Töne wieder jenen seligen Schauer, den Antonia schon damals in der Schule und später auch im Keller am alten Klavier erlebt hatte.

In einigen Wochen konnte sie alla turca richtig lernen, hatte Schiller gesagt. Warum so lange? Konnte sie nicht schon nächste Woche damit beginnen, das Stück richtig zu lernen? Und was war mit Chopin?

Ungeduld zerrte an ihr, während sie über die Gehwege, Straßen und wieder Gehwege schritt. Erst als sie in ihre Straße einbog, bemerkte sie, dass sie den ganzen Weg zu Fuß zurückgelegt hatte. Schnell stellte sie das Gerät aus, nahm die Ohrstöpsel heraus und verstaute alles in ihrem Rucksack.

Als die Mutter ihr die Tür öffnete, hatte Antonia ein großartiges Gefühl von Unverwundbarkeit. Sie setzte den Rucksack ab, um die Jacke auszuziehen, und dachte an den CD-Player in seinem Inneren. Die Mutter jedoch redete ahnungslos über irgendwas. Antonia lächelte nur und nahm den Rucksack auf. *Ich höre meine Musik und du kannst mich nicht mehr davon abhalten*, dachte sie und nickte der Mutter noch immer lächelnd zu. *Ich werde das tun, was ich tun muss.*

Doch zunächst musste sie üben, und zwar an einem richtigen Klavier.

13

Am Samstagvormittag fuhr Antonia wieder zur Großmutter. Am liebsten wäre sie schon einen Tag eher gefahren, doch sie traute sich nicht, schon wieder beim Sport zu fehlen. Die Mutter war in die Stadt gefahren und hatte Tim mitgenommen, sodass Antonia, ohne eine Erklärung abgeben zu müssen, die Großmutter anrief, das Fahrrad nahm und losfuhr.

Die Luft war frühlingshaft lau und frisch, die Geräusche draußen klangen anders, fand Antonia, so nah und irgendwie lebendig. Sie fuhr die Straßen entlang und hätte am liebsten laut gesungen. Gleich würde sie auf ihrem Klavier spielen, alle neuen Übungen und schon bald den Türkischen Marsch!

Doch in ihre Vorfreude mischten sich die Worte, die sie am Abend zuvor durch Zufall gehört hatte. Es war schon spät gewesen, Antonia wollte nur noch einmal kurz auf die Toilette und huschte über den Flur, da hatte sie die Stimmen der Eltern im Wohnzimmer vernommen.

»So fing es bei Robert auch an«, hatte die Mutter gerade gesagt und ihre irgendwie fremde Stimme traf Antonia wie ein Stich mitten ins Herz. Sie blieb hinter der Tür stehen und hielt den Atem an. *Robert!* Der Name hing wie ein Unheil verkündendes Fremdwort im Raum.

Der Vater schwieg.

Schließlich hatte er gesagt: »Was meinst du damit?«

Die Mutter sprach auf einmal wie ein kleines Mädchen, ihre Stimme klang klein und hoch und bodenlos, wie an einen Ballon gebunden. »Dieses Sich-Zurückziehen! Dieses Schweigen! Dieses Sich-Vergraben!« Sie schluchzte.

»Unsinn«, brummte der Vater, »das ist das Alter. Du wirst sehen, in ein paar Monaten gibt sich das. Du hast doch selbst gesagt, dass sie sich schon wieder verabredet hat.«

Redeten sie über sie selbst? Antonia biss sich auf die Zunge. Schweigen? Vergraben? Zurückziehen? *Was* hatte mit Robert so angefangen? Und was hatte das mit ihr zu tun?

Jetzt noch, im lauen Wind des Vorfrühlings, schwirrten ihr die Fragen im Kopf herum und drückten von innen gegen die Schläfen wie ein dumpfer Kopfschmerz.

Zog sie sich zurück? Das stimmte. Mit Julia hatte sie seit Wochen nichts mehr unternommen. Außer vorgestern.

Schwieg sie denn? Das stimmte auch. Aber sie schwieg keineswegs einfach nur so. Sie schwieg, weil ...

Vergeblich suchte Antonia nach einer passenden Antwort. Irgendwie wusste sie schon, warum sie gerade so war, wie sie war, aber sie konnte es nicht ausdrücken.

Wenn alles Wichtige immer geheim gehalten werden musste, worüber konnte man da noch reden?, dachte Antonia. Über Musik durfte man nicht reden, über Onkel Robert durfte man nicht reden, über das Klavier konnte man nicht reden, und über die Traurigkeit der Großmutter durfte man nicht reden, über das Grab durfte sie nicht reden, und über die Melodie der Seele auch nicht. Sollte sie über das Wetter reden?

Eines Tages, dachte Antonia und atmete tief ein, eines Tages rede ich nur über Musik. Nein, noch besser, ich spiele sie! Das werden alle Menschen verstehen!

Bei der Großmutter war alles so wie immer. Niemand machte ihr Vorwürfe, niemand fand sie anders oder Besorgnis erregend. Die Großmutter sah zwar etwas bleich aus, aber sie freute sich und zeigte Antonia den Apfelkuchen, den Frau Köttge extra gebacken hatte. »Den isst du doch so gern«, sagte sie und strich Antonia übers Haar.

Sehnsüchtig wartete Antonia darauf, dass das Mittagessen aufgegessen war und die Großmutter nach oben ging, um sich auszuruhen.

»Was machst du denn immer, während ich schlafe, Tonilein?«, fragte die Großmutter nach dem Essen. »Langweilst du dich auch nicht?«

»Oh nein«, sagte Antonia schnell, »erst helfe ich Frau Köttge etwas, dann mach ich Hausaufgaben.«

»Sehr fleißig«, murmelte die Großmutter und ließ ihren Blick lange auf Antonia ruhen, bis es Antonia unangenehm wurde und sie aufsprang, um Geschirr hinunter in die Küche zu tragen.

Endlich war Frau Köttge fertig und verabschiedete sich.

»Kommst du Mittwoch wieder?«, fragte sie.

»Oh, ich glaub, mittwochs kann ich nicht mehr«, sagte Antonia und hätte um ein Haar verraten, dass sie dann neuerdings Klavierstunden bekam. Fast schon lagen die Worte auf ihren Lippen, doch sie hielt sie noch zurück und spürte einen nervösen Stich in der Magengegend.

Frau Köttge nickte ihr zu. »Dann also bis bald«, sagte sie, hielt kurz inne und fügte leiser hinzu: »Deiner Großmutter geht es im Moment nicht so besonders gut. Es ist schön, dass du dich um sie kümmerst. Du glaubst gar nicht, wie viel Freude …«

Der letzte Satz blieb in der Luft hängen wie ein Versprechen, das erst noch eingehalten werden muss. Frau Köttge öffnete die Haustür und trat hinaus in den hellen Tag. Antonia jedoch stieg mit ihrem Rucksack hinab in den dunklen Keller.

Der nervöse Stich war einem aufdringlichen Kribbeln gewichen, das jetzt auf der Stelle zu einem handfesten Magenkrampf zu werden drohte, als Antonia vor der Kellertür stand. Abgeschlossen hatte sie schon lange nicht mehr. Vorsichtig drückte sie die Klinke herunter, ein Griff, eine Bewegung, und die verborgene Welt öffnete sich für sie.

Kaum war die Tür aufgestoßen, schrie Antonia leise auf. Sie schlug die Hand vor den Mund. Die Beine schwankten unter ihr. Der Boden schien sich zu heben und zu senken wie die Flanken eines Pferdes, das gerade zu einem weiten Sprung ansetzt.

Das Klavier stand dort hinten im strahlenden Licht der Lampe. Der Deckel war aufgeklappt, das leere Notenbrett heruntergelassen, bereit für die Klavierspielerin.

Schnell trat Antonia ein und schloss die Tür hinter sich.

Wer hatte das Licht angemacht? Wer hatte den Klavierdeckel geöffnet? Leise, als würde sie beobachtet, ging Antonia auf das Klavier zu. Hatte Frau Köttge etwa den Raum betreten und, weil Antonia ihren Besuch angekündigt hatte, alles für sie bereitgemacht? Im Stillen hatte Antonia gehofft, sie würde den Zwischenfall hier unten im Keller vergessen haben. Offensichtlich war das nicht der Fall.

Sanft strich Antonia über die Tasten, die sich ihr entgegenzubäumen schienen wie ein sehnsüchtiges Kätzchen, das dem endlich zurückgekehrten Herrchen um die

Beine schnurrt. So viele Tage waren vergangen! Seit Mittwoch wollten ihre Finger die richtige Anschlagtechnik üben und konnten doch nur auf Pappe lernen, auf Pappe drücken, auf Pappe schwingen, nun endlich stürzten sie sich auf die Tasten wie ein Verdurstender über ein Wasserloch. Linke Hand, rechte Hand, linke Hand, rechte Hand, immer weiter und weiter, die Töne hallten von den Wänden wider, schließlich ließ Antonia sich verführen und spielte alle Stücke, die sie konnte. Nein, Noten brauchte sie nicht, die Finger schienen alles allein zu wissen, oder war es ihr Gedächtnis? Antonia wusste es nicht, sie spielte und spielte und plötzlich hörte sie auf.

Da war ein Geräusch gewesen. Wie von einem Tier vielleicht. Oder von einem Kind. Ein Jaulen oder ein Jammern. Oder gar ein Lachen? Alarmiert erhob Antonia sich, schlich zur Tür und öffnete sie leise.

Da! Ein Geräusch auf der Treppe.

Ein Seufzen.

Ein Ausatmen mit Schmerzen.

Ein hörbares Schaudern. Sie hatte es deutlich vernommen.

Antonia zog die Tür weiter auf, horchte hinaus in den dunklen Keller, die Treppe hoch zum Wohnzimmer hin, noch eine Treppe weiter, an der großen Pendeluhr vorbei zum Schlafzimmer der Großmutter. Die Treppe knarrte.

»Toni?«, rief eine Stimme.

War es die Großmutter, die da rief?

»Tonilein? Komm doch mal, mir ist nicht gut.«

Mit einem Satz sprang Antonia zur Treppe und hinauf und noch einmal hinauf. Die Großmutter saß oben auf dem Treppenabsatz und hielt sich am Geländer fest.

»Mir ist ein wenig schlecht«, murmelte sie. »Sei so

gut, hol mir die Pillen, ja? Auf dem Nachttisch, du weißt ja …«

Als die Großmutter die Pillen geschluckt hatte und wieder im Bett lag, fand Antonia sich auf einem Stuhl vor dem Bett der Großmutter sitzend wieder. Jetzt erst konnte sie einen klaren Gedanken fassen.

»Ich könnte Onkel Paul anrufen«, schlug sie vor.

Die Großmutter hob abwehrend die Hände.

»Kommt gar nicht in Frage«, rief sie, »der ruft immer gleich den Krankenwagen, dann siehst du mich nicht wieder. Nein, so ist es prima, mir geht es schon wieder richtig gut. Bring mir nur noch einen Tee, sei so gut.«

Als der Tee dampfend auf dem Tischchen stand, meinte Antonia, ob es nicht besser sei, wenigstens die Mutter anzurufen. Doch da stand die Großmutter auf und ging etwas wacklig zur Tür, stieg die Treppe hinunter ins Esszimmer und rief: »Wir müssen jetzt den Kuchen essen!«

Das taten sie. Allmählich wurden die Wangen der Großmutter wieder rosig, sie lächelte und sah Antonia unternehmungslustig an. Da fiel Antonia etwas ein.

»Ich wollte doch immer schon einmal mit dir zusammen alte Familienfotos ansehen!«, sagte sie zur Großmutter. »Hast du Lust?«

Die Großmutter sah sie nachdenklich an. Dann nickte sie.

»Geh an den Schrank drüben im Wohnzimmer. Im unteren Fach liegen sie«, sagte die Großmutter.

Antonia ging zum Schrank. Kurz fiel ihr Blick auf den alten Radioapparat, der am Silvesterabend über die Familie gewacht hatte mit seinem grünen Auge, der bestimmt auch gesehen hatte, wie die Mutter und Onkel Harry … Schnell verscheuchte Antonia diese Gedanken, öffnete den Schrank und holte mehrere Schuhkartons und ein Album heraus.

Am liebsten hätte sie das Foto aus dem Rucksack geholt und der Großmutter gezeigt. *Der erste große Erfolg meines begabten Schülers.* Doch sie tat es nicht. Irgendwie hatte sie Angst, aber wovor? Ganz genau sah sie die verlegen steifen Hände vor sich, diesen Blick unter hochgezogenen Brauen, die schief gestellten Füße. Es konnte nur Onkel Robert sein. Und jetzt würde sie Gewissheit bekommen.

Doch je länger sie mit der Großmutter in den Kartons wühlte, desto enttäuschter wurde sie. Lauter Fotos von kleinen Kindern, Onkel Paul, die Mutter, Tante Silke und auch Onkel Robert, aber er war wirklich noch ein Baby auf den Bildern. Keine Ähnlichkeit mit dem Jungen im Anzug auf der Bühne.

Die Großmutter bekam rote Wangen vor Aufregung. »Hier, das war Weihnachten, da hat deine Mutter das Puppenhaus bekommen – das war eine Freude!«

Fotos im Garten mit Kinderwagen, Sandkasten, Osternestern. Fotos von Geburtstagen, Kaffeetafeln, Einschulungen. Die Mutter macht ein wichtiges Gesicht und hält ihre Schultüte zärtlich wie ein Baby in den Armen. Tante Silke verzieht den Mund beim Abschied vor der Schultür. Onkel Paul schreibt ernsthaft in ein großes Heft. Die Mutter schiebt den Kinderwagen.

»Liegt da Tante Silke drin?«, fragte Antonia.

»Nein«, schüttelte die Großmutter den Kopf, »da liegt Robert drin. Er ist ja viel jünger als deine Mutter, weißt du?«

Ihre Worte hingen über dem Tisch, über dem Karton mit den Bildern, Antonia hörte sie, *da liegt Robert drin, er ist ja viel jünger,* sie schienen nicht zu altern, diese Worte, nein, sie blieben ewig jung und klein, Antonia hörte den Schmerz darin und den Verlust, warum konnte nicht alles so bleiben, wie es war?

Da klang es, als würde die Großmutter nach Luft schnappen, ein Geräusch, das Antonia eine Gänsehaut über den Rücken jagte. Schnell sah sie zur Großmutter hin. War alles in Ordnung?

Die Großmutter hielt ein Foto in beiden Händen und starrte es an. Antonia reckte den Hals. Ein junger Mann stand im Garten und hielt ein Baby hoch über den Kopf. Das Baby kreischte offenbar vor Freude.

»Lass mich raten«, sagte sie. »Das ist bestimmt Großvater mit Mama als Baby.«

Langsam schüttelte die Großmutter den Kopf. »Dachte schon, alle Fotos von ihm sind weg«, murmelte sie leise vor sich hin. Und dann zu Antonia gewandt: »Nein, schau doch, das ist Robert. Und das Baby, das bist du. Ich glaube, wir feiern seinen Geburtstag im Garten. Sogar du bist festlich angezogen mit dem kleinen Kleidchen!«

Antonia starrte auf das Bild. War das der Junge von dem anderen Foto? Es gab wohl eine gewisse Ähnlichkeit, obwohl Robert hier viel älter war. Die schmalen Hände konnte man nicht so gut erkennen, doch die Augen waren ebenso dunkel und trotz des Lachens ernst und still.

»Das ist er also«, entfuhr es Antonia. Schnell plapperte sie weiter, um sich nicht zu verraten. »Sag, Oma, habe ich ihn oft gesehen? Ich erinnere mich nämlich gar nicht an ihn.«

»Oft?«, erwiderte die Großmutter und lächelte traurig. »Oft ist gar kein Ausdruck. Andauernd wolltest du

zu ihm auf den Arm, andauernd sollte er dir etwas …«
Ihre Stimme erstarb.

Erschrocken schaute Antonia sie an.

Warum redete sie nicht weiter, jetzt, wo Antonia endlich mehr erfuhr?

Plötzlich sah die Großmutter wieder blass aus. Sie schob den Karton zur Seite und murmelte etwas davon, dass sie jetzt wohl aufhören müssten und ob Antonia nicht bald nach Hause wollte.

Am liebsten hätte Antonia die Großmutter umarmt und um Verzeihung gebeten. Doch sie schwieg verlegen, nahm den Karton und trug ihn zurück zum Schrank. Bevor sie den Karton zurückstellte, nahm sie das letzte Foto heraus und sah es noch einmal genau an.

Wie vertraut Robert dieses Baby hielt. Wie fröhlich dieses Baby lachte. *Andauernd wolltest du, dass er dir etwas …* Was denn? Vielleicht dass er ihr etwas vorlas oder vorsang. Oder etwas vorspielte. War es das?

Mit einem Mal begann ihr Herz heftig zu schlagen. Sie musste es erfahren, unbedingt! Doch als sie die Großmutter müde und irgendwie erschöpft in ihrem Sessel sitzen sah, traute sie sich nicht, weiter über Onkel Robert zu reden.

»Darf ich das Foto mitnehmen?«, fragte Antonia leise und hielt ihr das Bild hin.

Die Großmutter nickte nur stumm und tätschelte ihr die Hand.

»Tu das, meine Liebe, aber bring es mir irgendwann zurück. Ich glaube, die meisten Fotos sind einfach verschwunden. Ich selbst hab kaum noch eins von ihm …«

Antonia musste schlucken. Vielleicht lagen unten im Keller in einem der vielen Kartons noch Bilder. Jemand hatte einfach alle Sachen von Robert in den Keller geschafft. Sie nahm sich vor, beim nächsten Mal die Kisten durchzusehen.

»Kann ich noch etwas für dich tun?«, fragte sie.

Die Großmutter nahm wieder ihre Hand und drückte sie. »Ach Tonilein, es ist so schön, wenn du mich besuchst. Komm bald wieder, das kannst du für mich tun.«

Antonia versprach, so bald wie möglich zu kommen. Dann lief sie in den Keller, schloss den Klavierdeckel, packte ihren Rucksack und löschte das Licht. Als sie die Tür zu ihrem verborgenen Reich zuzog, dachte sie kurz an den Moment, als sie die Großmutter oben auf der Treppe gefunden hatte.

Hatte sie das Klavier gehört?

Und wer hatte die Lampe angemacht, bevor sie gekommen war?

14

So fing es bei Robert auch an.

Dieser Satz verfolgte Antonia den ganzen Rückweg über. Was fing mit Robert so an? Vielleicht eine Krankheit? Überhaupt – woran war er gestorben? Erst jetzt merkte Antonia, dass sie gar nichts über seinen Tod wusste. Und sie würde auch nichts erfahren, das stand fest. Wie auch, dachte sie bitter, alle schweigen oder gehen einem aus dem Weg oder kriegen sonst eine Krise, wenn man auch nur seinen Namen erwähnt.

Als sie ihr Fahrrad vor dem Haus anschloss und die Haustür öffnete, senkte sich bereits die Dämmerung herab.

Sowie sie in den Flur trat, kam die Mutter aus dem Wohnzimmer.

»Wo warst du so lange?«, fragte sie vorwurfsvoll. »Kannst du denn keinen Zettel hinlegen? Ich wusste überhaupt nicht, wo du steckst!«

Betont langsam setzte Antonia den Rucksack ab, hängte die Jacke an die Garderobe und zog die Schuhe aus. Ihre Gedanken jedoch eilten von einer Ausrede zur anderen. Sollte sie lügen und behaupten, sie sei mit Julia aus gewesen? Dann wäre die Mutter sicher zufrieden. Sollte sie sagen, sie wäre einfach nur spazieren gegangen? Das wäre verdächtig. Oder sollte sie die Wahrheit sagen? Vielleicht freute die Mutter sich ja.

Antonia entschied sich für die Wahrheit. Doch die Mutter freute sich keineswegs. Nein, sie hielt das nicht für eine gute Idee, dass Antonia zur Großmutter fuhr, ob sie denn nicht wüsste, dass es der Großmutter zurzeit nicht besonders gut ging und sie keinerlei Aufregung vertragen konnte?

Antonia fragte sich, ob sie der Großmutter Aufregung verursachte, und sie fand, dass das nicht der Fall sein konnte. Die Großmutter freute sich, wenn sie kam. Sie war doch einsam und allein, wenn Frau Köttge fortging. Die paar Besuche von Tante Silke oder Onkel Paul, die konnten ihr doch nicht helfen! Und die Mutter fuhr auch höchstens einmal im Monat zur Großmutter. Nein, Antonia war sich sicher, dass sie der Großmutter eine Freude war.

Vielleicht habe ich heute für Aufregung gesorgt, überlegte Antonia und bekam ein schlechtes Gewissen.

Doch der Mutter sagte sie nichts davon. Sie nahm den Rucksack und verschwand in ihrem Zimmer. Dort packte sie das Foto aus und hielt es neben jenes, das aus dem Notenbuch herausgerutscht war. Ja, nun war es ganz offensichtlich: Der Scheitel war gleich, die Haare, die vorn störrisch ins Gesicht fielen, die ernsten, etwas weit auseinander stehenden Augen. Es war also Onkel Robert, der dort auf dem Flügel gespielt hatte. Sein erster großer Erfolg. Vielleicht hatte er eine Mozart-Sonate gespielt. Oder Chopin. Und es war sein Klavier, das im Keller stand wie ein verbanntes Ungeheuer.

»Ich erlöse dich«, flüsterte Antonia, drückte die Fotos gegen die Brust und fühlte sich auf einmal stark. Stark und mächtig.

Am Sonntag nach dem Frühstück meinten die Eltern, Tante Silke hätte angerufen und erzählt, der Großmutter ginge es nicht besonders gut. Sie würden jetzt zu ihr hinfahren und mal nach dem Rechten sehen, ob Antonia und Tim mitwollten. Tim war sofort begeistert. Antonia wollte zu Hause bleiben. Sie sagte, sie hätte sich schon mit Julia verabredet. Dabei sah sie genau, wie die Mutter dem Vater einen Blick zuwarf und der die Augenbrauen leicht hochzog. Na siehst du, sollte das heißen.

Das hättet ihr wohl gern, dachte Antonia grimmig und beschloss, ein wenig mit dem Fahrrad herumzufahren.

Sowie die anderen fort waren, nahm Antonia den neuen CD-Player und die Mozartaufnahme, steckte die Ohrstecker ein und fuhr los. Die Klänge erfüllten ihre Ohren. Sie kannte bereits jeden Ton auswendig und leise mitsummend fuhr sie in Richtung Stadtwald, doch dann entschied sie sich anders und fuhr in die Innenstadt. An einem Sonntag war das eigentlich langweilig, denn jetzt waren alle Straßen wie leer gefegt und in der Innenstadt war es ungewöhnlich ruhig.

Langsam fuhr sie die Hauptgeschäftsstraße entlang, dann durch die Fußgängerzone, vorbei am großen Kino und dem Café, wo sie früher öfter Kuchen gegessen hatten, zusammen mit Tante Silke und Onkel Harry. Warum war das eigentlich vorbei, dachte Antonia und fuhr langsam weiter. Sie bog in eine kleine, ihr unbekannte Seitengasse ab und wollte schon wieder umdrehen, da fiel ihr Blick in ein Schaufenster und ihr Herz tat einen Satz. Hinter der Glasscheibe stand ein Klavier!

Antonia sprang vom Rad. Tatsächlich, ein Klavier. Und weiter hinten im Geschäft standen mindestens zwanzig weitere, und dazu noch drei Flügel. *Klavier-Breuer* stand in goldenen Buchstaben auf der großen Fensterscheibe. Das ausgestellte Klavier war offenbar ein japanisches, über dem heruntergeklappten Notenbrett stand ein seltsamer Name mit mehreren Ypsilons, außerdem sah das Klavier merkwürdig niedrig aus, wie geduckt. Großmutters Klavier war viel höher und schwarz, nicht braun wie dieses hier.

Weiter hinten gab es sogar ein weißes, stellte Antonia fest. Und dann entdeckte sie noch etwas: Auf dem Notenbrett des Flügels hinten in der Ecke des Verkaufsraumes standen Noten. Aufgeschlagene Noten. Das konnte nur eines bedeuten: Auf dem Flügel spielte jemand.

Gerade begann auf der CD wieder der Türkische Marsch und fast hätten Antonias Finger die passenden Tasten auf dem Lenker gedrückt. Schnell machte sie stattdessen ein paar Fingerübungen, federn und federn und federn, linke Hand, rechte Hand, wippen und federn – und dann hatte sie eine Idee. Morgen nach der Schule würde sie wieder herkommen. Sofort!

Als sie zu Hause ankam, war noch niemand da. Zufrieden ging Antonia ins Wohnzimmer und stellte das Radio an. Eine Weile suchte sie, dann war Musik zu hören, ein Klavier und eine Sängerin. Nein, das gefiel Antonia nicht. Sie drehte weiter und hatte gerade ein Orchesterstück gefunden, als das Telefon klingelte. Das konnte nur die Mutter sein, schoss es Antonia durch den Kopf. Ob etwas nicht in Ordnung war mit der Großmutter?

Aber es war nicht die Mutter, es war Julia.

Sie wollte, dass Antonia zu ihr käme, am besten jetzt gleich. Bereitwillig sagte Antonia zu. Dann brauchte sie wenigstens nicht lügen, wenn die anderen wiederkamen. Vorsichtshalber legte sie einen Zettel für die Mutter hin, versteckte den CD-Player in ihrem Rucksack und ging los.

Bei Julia war es irgendwie anders als sonst. Das Licht in ihrem Zimmer war dämmrig, die Musik spielte laut und Julia sah verändert aus. Erst nach einer Weile fiel

Antonia auf, dass Julia sich geschminkt hatte. Die Lippen glänzten zartrosa und feucht, die Augen waren schwarz umrandet und außerdem trug Julia einen Minirock, obwohl es immer noch kalt war.

»Kennst du die Musik?«, fragte Julia und wies auf ihre Anlage.

Antonia hatte keine Ahnung. Doch vorsichtshalber nickte sie und murmelte ein »Hm, nicht schlecht«.

Antonia hockte sich auf ein Kissen am Boden. Worüber konnten sie reden? Nie fiel ihr etwas ein und dann fühlte sie sich wie ein stummer dummer Fisch, der andere nur langweilte. Julia hingegen, der fiel immer ein Thema ein. Im Moment waren es gerade Musikgruppen. Sie rasselte Namen und Titel herunter und wer welches Album hat und wo sie sich die und die brennen lassen und wer wiederum welches Album von ihr sich ausleihen wollte. Antonia nickte nur immer wieder und lächelte gequält. Warum nur war sie hergekommen? Was hatte sie sich erhofft? Doch dann sagte Julia etwas, das sie zusammenzucken ließ.

»Was wollte eigentlich unser schöner Herr Weiß neulich von dir?«

Antonia sah Julia überrumpelt an. Weiß? Neulich? Dann erst begriff sie. Der Musiklehrer!

»Was?«, machte Antonia, um Zeit zu gewinnen, und zupfte an dem Kissenbezug.

»Na, der Weiß hat dich doch neulich abgeschleppt zu seinem Auto. Was sollte das denn?«

»Ach«, brachte Antonia noch über die Lippen, dann schwieg sie. Was sollte sie nun sagen? Ihre Gedanken jagten zurück zum letzten Mittwoch. Welche Ausrede bot sich an?

»Ach, *das* meinst du«, sagte sie dann schnell, »er hat mir nur was aus dem Auto gegeben.«

»Ach?«, machte Julia neugierig und zugleich argwöhnisch.

»Ja«, sagte Antonia und fasste Mut, »ein Buch für mein Referat. Über Mozart.«

»Soso«, machte Julia noch immer argwöhnisch.

Zum Glück klingelte es jetzt an der Tür. Sofort sprang Julia auf und lief hinaus. Kurz darauf schob sie jemanden zur Tür hinein.

»Das ist Jannis von nebenan«, sagte sie.

Der Junge bekam sofort einen roten Kopf. Auch Antonia wurde rot. Sie erhob sich und wich ein paar Schritte zurück. Offenbar war Jannis eingeladen. Selbstverständlich wies Julia ihm einen Platz auf dem Bett zu, sie selbst setzte sich auf den Schreibtischstuhl, holte eine Flasche Cola hervor und goss drei Gläser ein.

Antonia zögerte. Was sollte sie tun? Der Lippenstift und der Minirock schienen ihr plötzlich wie ein Verrat an ihrer Freundschaft. Warum sollte sie hier sein, wenn doch der Jannis kam und Julia sich eigens für ihn schön gemacht hatte? Welche Rolle hatte Julia ihr zugedacht? Sollte sie sie bewundern? Sollte sie sich elend fühlen, weil sie weder Lippenstift noch Minirock noch Nachbarjungen aufweisen konnte, geschweige denn diese CD der besten Boygroup?

»Hey, setz dich doch!«, sagte Julia lächelnd und sah dabei diesen Jannis an. Ihr Blick schien zu sagen: Tut mir Leid, die ist einfach so komisch, mach dir nichts draus.

»*Mir* tut es Leid«, hörte Antonia sich plötzlich sagen, »aber ich muss los. Tschüs, bis morgen.« Schon stieg sie über die Kissen und Gläser hinweg und stieß die Tür auf.

Erst als sie ein ganzes Stück gelaufen war, blieb sie keuchend stehen und holte Luft. So ganz begriff sie noch immer nicht, was eben geschehen war, doch irgendwie wollte sie es auch nicht verstehen. So etwas Albernes!

Zugleich spürte sie, dass der Ärger verebbte und nun eine große Traurigkeit über sie herfiel wie ein hungriges Raubtier, das schon lange im Verborgenen gelauert hat.

Was war denn so anders an ihr? Warum fühlte sie sich so weit entfernt von den anderen, dass es fast keine Verbindung mehr gab zwischen ihr und denen? Woher kam dieses Gefühl von Fremdsein und Anderssein? Oder wollte sie etwa gerne so sein? Vielleicht war es ja etwas Besonderes, sich so einsam zu fühlen?

Nein, das ganz sicher nicht, dachte Antonia, aber sie glaubte, dass Julia und auch andere vielleicht so dachten. Antonia, die ist was Besseres, die will mit uns nichts mehr zu tun haben. Antonia, die trifft sich mit dem Musiklehrer und … Auf einmal wurde ihr ganz elend zumute.

Doch als sie zu Hause eintraf, zog sich die Traurigkeit zurück. Offenbar ging es der Großmutter wieder besser. Die Mutter saß entspannt im Sessel und las, Tim sprang an Antonia hoch wie ein junger Hund und wollte unbedingt mit ihr Monopoly spielen, das hätte ihm die Großmutter mitgegeben. Auch der Hinweis des Vaters, dazu sei er noch zu klein, wurde mit der Bitte fortgewischt, dass der Vater ja mitspielen könnte. Also spielten sie alle drei das zerfledderte Spiel, die Mutter sah ab und zu rüber, lächelte und meinte, früher hätte Silke immer die grünen Straßen haben wollen und sie selbst die roten, während Onkel Paul immer nur die Schlossallee und die Parkallee kaufte.

»Und Onkel Robert?«, fragte Antonia und biss sich schon auf die Lippen. Doch die Mutter schien gute Laune zu haben. Sie winkte ab und meinte, der sei damals ja noch viel zu klein gewesen.

»Als ich so alt war wie du«, sagte sie zu Antonia, »da war Robert gerade mal eins! Schließlich bin ich zwölf Jahre älter als er.«

»Ich bin schon fünf!«, krähte Tim. »Ich kann schon Geld zählen!«

Antonia versank in Gedanken und verpasste es, eine Straße zu kaufen.

»Aber warum erinnere ich mich gar nicht an ihn?«, sagte sie auf einmal laut. Doch niemand schien sie zu hören.

15

Am nächsten Tag fuhr Antonia sofort nach der Schule in die kleine Seitenstraße der Fußgängerzone, und als sie das Klaviergeschäft nicht auf Anhieb fand, befürchtete sie schon, dass sie geträumt hatte. Doch dann stand sie wieder vor der großen Glasscheibe mit den goldenen Buchstaben, die einen Bogen beschrieben über dem ausgestellten Klavier: *Klavier-Breuer.*

Einen Moment zögerte sie, dann drückte ihre Hand den Türgriff herunter, eine Glocke erklang. Sie trat ein.

Plötzlich war sie in eine fremde Welt getaucht. Überall standen große schwarze, hin und wieder auch braune Wesen herum, die Töne der Türglocke verklangen sacht, nichts rührte sich außer Antonia, die sich vorsichtig zwischen den Klavieren bewegte.

Von hinten war ein trockenes Rascheln zu hören, ein Vorhang wurde zur Seite gezogen und ein alter Mann erschien an der rückwärtigen Wand des Geschäftes. Er trug eine lange schwarze Jacke und eine schwarze Hose, das Haar hingegen war weiß wie die Tasten all der neuen Klaviere rundherum. Fast wirkte er, als wäre er früher selbst einmal ein Klavier gewesen.

»Kleines Fräulein«, rief er herüber, »eigentlich haben wir geschlossen!«

Antonia zuckte zusammen. Irgendwie hatte sie nicht damit gerechnet, dass der alte Mann reden konnte. Verwundert sah sie zurück zur Eingangstür.

»Geschlossen?«, fragte sie. »Aber die Tür war auf!«

»Das mag wohl sein«, erwiderte der alte Mann, der nun näher kam und beim Vorübergehen jedem Instrument kurz seine Hand auflegte und sie mit einer zärtlichen Geste wieder hinuntergleiten ließ, »aber wir haben trotzdem Mittagspause. Worum geht es denn?«

Inzwischen war er bei Antonia angelangt und sah sie interessiert an.

Worum ging es denn, dachte Antonia und überlegte, was sie eigentlich hier wollte.

»Ich ...«, setzte sie an, »ich wusste nicht, dass Sie Mittagspause haben. Ich ...«

»Nun«, sagte der Alte und lächelte listig, »genau genommen haben wir Mittagspause, weil mittags sowieso niemand in den Laden kommt. Nun, da du schon einmal da bist, wie kann ich dir helfen?«

»Ich wollte mir mal Ihre Klaviere ansehen«, brachte Antonia hervor.

Der Alte nickte.

»Das kannst du gerne tun. Hast du eine Vorstellung, was du suchst? Hier vorn stehen die modernen Kleinklaviere, manche davon aus Japan, dort links die klassischen Klavierbauer wie Bösendorfer, Steinway, Bechstein, Grotrian-Steinweg, rechts die weniger bekannten, aber durchaus auch empfehlenswerten Namen, und weiter hinten stehen die Flügel, darunter die kurzen, aber die sind weniger zu empfehlen wegen der mangelnden Länge für die ...«

Seine Stimme brach ab, als hätte er nur ein Gespräch mit sich selbst geführt und dabei festgestellt, dass er sich nichts Neues erzählte.

Antonia folgte seinem durch den Raum weisenden Arm und fühlte sich bald schwindlig vom Anblick so viel schöner, glänzender, erwartungsvoller Klaviere. Jedes wollte gespielt werden! Jedes wollte gekauft und geliebt werden! Und sie wollte jedes kaufen, spielen und lieben, oh ja, das wollte sie.

»Aha«, sagte sie nur und schwieg dann.

Der Alte sah sie nachdenklich an. Dann erhellte sich sein Gesicht, er streckte den Arm zu Antonia hin und berührte leicht ihre Schulter.

»Komm mal mit, ich werde dir meinen Liebling zeigen«, sagte er und ging voraus in den hinteren Teil des Verkaufsraumes. Vor dem Flügel mit den aufgeschlagenen Noten auf dem Notenbrett blieb er stehen.

»Er ist unverkäuflich«, sagte er mit gesenkter Stimme, »ich spiele schon seit fünfzig Jahren auf ihm und immer noch ist er besser als die meisten neuen. Nur zu. Spiel.«

Hiermit drückte er Antonia auf die breite Sitzbank davor und schlug aufmunternd selbst ein paar Tasten an. Glasklar, weich und zugleich unnachgiebig, zart und zugleich fest und rund perlten die Töne hervor, fast war es, als müsste man sie sehen können. Antonia hielt den Atem an. Zögernd legte sie ihre Hände auf die Tasten.

Kaum berührten sie das Elfenbein, schienen die Tasten sich von selbst hinunterzudrücken, das kleine Menuett von Mozart erklang, dann das Allegro, dann der Beginn des Türkischen Marsches und Antonia war es, als würde sie in diese Töne eintauchen, sie fühlte sich umhüllt vom Klang, ummantelt, eingewoben, vollkommen aufgehoben. Erst als ihr nicht mehr einfiel, was sie noch spielen konnte, hob sie die Hände von den Tasten und legte sie in den Schoß.

»Das war schon ganz ordentlich«, sagte der Alte, lief um den Flügel herum und winkte Antonia zu einem anderen Instrument hin. »Probier den mal.«

Hier waren die Töne ebenfalls glasklar, doch ein wenig hart und ungestüm.

»Der da ist sanfter«, sagte Antonia und wies auf das andere Instrument.

»Ich wusste, dass du es hören würdest«, murmelte der Alte anerkennend. »Aber nun zu dir. Wie kann ich dir helfen?«

Da erhob Antonia sich und strich Abschied nehmend über den schwarzen Deckel des Flügels. »Ich suche ein Klavier«, sagte sie, »aber ich darf keins haben.«

Sie horchte ihren Worten nach und konnte nicht glauben, sie wirklich ausgesprochen zu haben. »Ich meine …«, fügte sie schnell hinzu.

Doch der alte Mann hob die Hand, wie um ihre Worte zu stoppen. »Verstehe«, nickte er ernst, »hier handelt es sich um ein schwieriges Problem.«

Mit großen Schritten ging er erst um den einen Flügel, dann um den anderen Flügel herum und beschrieb dabei eine große Acht. Antonia sah ihm nach, sah seine abgewetzten Hosen und die alten abgelaufenen Schuhe, seine Hände gestikulierten stumm in der Luft, Antonia sah genau, wie fein und zart sie waren und auch wie kraftvoll. Plötzlich blieb er stehen.

»Du meinst, du spielst Klavier und hast doch keines? Wie soll das gehen?«, rief er aus, hob die Handflächen und ließ sie dann fallen.

Antonia sah ihn an. Sie wusste es ja selbst nicht. Eigentlich hatte sie ja ein Klavier, dachte sie, doch zugleich hatte sie es auch nicht.

»Na ja«, sagte sie leise, »ein- oder zweimal in der Woche habe ich eines. Es ist zwar sehr alt und verstimmt …«

Die Hand des alten Mannes flog durch die Luft und schien Antonias Einwurf geradewegs abzufangen.

»Papperlapapp«, sagte er entschlossen, »da gibt es nur eins: Du musst hier spielen. Vielleicht kommen dann auch mehr Kunden«, fügte er leiser hinzu und blinzelte Antonia verschmitzt an, »bei so einer hübschen Pianistin …«

Verlegen schwieg Antonia. Sie schaute auf die glänzenden Pedale des Flügels und murmelte schließlich: »Meinen Sie?«

»Na klar meine ich!«, sagte der Alte und wischte liebevoll unsichtbare Staubkörner von seinem Lieblingsinstrument. »Du bist jederzeit willkommen. Wenn dann allerdings mal Kunden kommen, müsstest du eine Pause einlegen. Ginge das?«

Unwillkürlich musste Antonia lächeln. Ob das ginge?

»Ich kann aber noch gar nicht so viel«, wandte sie ein, »ich fange jetzt erst mit Unterricht an.«

Großzügig fegte der Alte ihre Bemerkung mit einer Handbewegung fort. »Jeder fängt mal an. Aber du hast doch schon …«

In einer theatralischen Geste legte er sich die Hand auf den Mund und sah Antonia fragend an. Dann nickte er und zog zugleich die Augenbrauen hoch. Dann schüttelte er den Kopf und flüsterte: »Nicht wahr. Ganz allein?«

Kurz nickte Antonia und sah ihn dann beschwörend an. »Geheim, ja? Ganz geheim!«

Stumm hielt er drei Finger in die Höhe, kicherte in sich hinein und ließ auf dem Flügel eine kleine Fanfare erklingen.

»Fang an, meine Liebe, fang an!«, rief er freudig. »Meine Tochter spielte früher auch mal, doch dann entschied sie sich für das Theater und peng!, war das Klavierspielen vorbei. Spiel, meine Liebe, ich werde dir zuhören und von vergangenen Zeiten träumen!«

Er rückte die Klavierbank zurecht, schob die Noten beiseite und wies einladend auf seinen Lieblingsflügel. Also setzte Antonia sich. Kurz schaute sie zum großen Fenster, doch andere Instrumente standen ihr im Blick und so begann sie verborgen hinter lauter Klavieren zu spielen.

Sie spielte alles noch einmal, auch die alten Liedchen aus der ersten Klavierschule, dann folgten die Fingerübungen. Der Alte hatte sich inzwischen zurückgezogen. Antonia konnte ihn nicht mehr sehen, doch das war ihr gleich, sie machte keine Pause, nur nicht aufhören, sonst wachte sie am Ende auf und alles war nur ein Traum.

Nein, es war kein Traum. Als sie nun wirklich alle Stücke mehrmals gespielt hatte, hörte sie auf, strich über die schönen weißen und schwarzen Tasten, klappte den Deckel zu und erhob sich.

»Bist du für heute fertig?«, war die Stimme des Alten hinter dem Vorhang zu hören.

»Danke, ja«, sagte Antonia. Abwartend blieb sie neben dem Flügel stehen. Der Vorhang wich zur Seite, der Alte kam mit einer dampfenden Tasse heraus.

»Hier ist Tee für dich«, murmelte er. »Wie heißt du übrigens?«

Antonia nahm den Tee. Sie hatte gar nicht gemerkt, wie durstig sie war. In kleinen Schlucken trank sie und sagte: »Antonia. Alle nennen mich Toni, aber ich bin Antonia.«

Der Alte nickte ernst. »Meine Tochter heißt Franziska. Im Gegensatz zu dir wollte sie immer Franzi genannt werden. Erst später hörte das auf ... Wahrhaftig, du erinnerst mich an sie. Aber ach, wir sehen uns so selten! Manchmal sehe ich sie im Fernsehen, weißt du. Und alle paar Jahre mal kommt sie hier vorbei und dann weiß man nicht so recht, was man sich erzählen soll.«

Er schwieg eine Weile.

Antonia griff nach ihrem Rucksack. »Ja dann«, sagte sie, »auf Wiedersehen. Ich komme gern wieder, wenn ich darf.«

»Tu das«, sagte der Alte und sah auf einmal traurig aus, »ich werde auf dich warten.«

16

An diesem Abend ging die Mutter zu ihrem Italienischkurs und Tim und Antonia durften nach dem Abendbrot noch ein bisschen fernsehen. Der Vater saß in seinem Sessel und las die Zeitung. Antonia interessierte sich nicht für die Sendung. Von Tieren hatte sie erst einmal genug, doch Tim wollte immer nur Tiersendungen sehen, und was Tim wollte, wurde gemacht. Jedenfalls wenn die Mutter nicht da war. Antonia setzte sich zum Vater auf die Sessellehne.

»Weißt du, was ich mich immer frage?«, begann sie.

»Mm«, machte der Vater. Offenbar hatte er keine Lust, mit ihr zu reden.

»Ich frage mich, warum ich überhaupt nichts weiß über Onkel Robert. Wo er doch …« Hier wusste sie nicht weiter. Der Satz blieb in der Luft hängen.

»Wo er doch was?«, fragte der Vater. Seine Augen erschienen über dem Zeitungsrand und musterten Antonia prüfend.

Antonia schwieg. Was konnte sie verraten, ohne sich selbst zu verraten?

»Wo er doch was?«, wiederholte der Vater, jetzt ein wenig ungeduldig. »Wovon redest du überhaupt?«

»Von Onkel Robert«, antwortete Antonia, »ich weiß nichts über ihn. Woran ist er gestorben?«

»Er hatte eine Krankheit«, knurrte der Vater und versenkte sich wieder in seinen Artikel.

»Was für eine?«

»Keine Ahnung.«

»Du musst doch wissen, woran Mamas Bruder gestorben ist!«, sagte Antonia empört. Tim sah herüber und rief: »Wer ist gestorben?«

Der Vater ließ die Zeitung sinken.

»Er war krank gewesen und starb überraschend. So etwas kommt vor. Soweit ich weiß, war er vorher im Krankenhaus. Warum fragst du?«

Antonia wich seinem nachdenklichen Blick aus. Sie zupfte an den Zeitungsblättern und bemühte sich, leichthin zu reden, als wäre sie gerade zufällig auf dieses Thema gekommen.

»Ach, nur so«, log sie, »in der Schule lernen wir gerade was über Vererbung, da dachte ich, ob unsere Familie vielleicht ... äh, dass Onkel Roberts Krankheit vielleicht ...«

An dem Blick des Vaters erkannte sie sofort, dass sie einen großen Fehler gemacht hatte. Sein Gesicht verfinsterte sich, die Augenbrauen zogen sich zusammen.

»Was soll das denn?«, rief er ärgerlich und schlug die Zeitung heftig zusammen. »Was hat denn so etwas mit Vererbung zu tun, wenn ich bitten darf! Vielleicht sollte ich mal mit deinem Lehrer ...«

Er brach ab, packte die Zeitung und faltete sie wütend wieder auseinander.

Was war geschehen? Warum regte der Vater sich so auf?

»Aber Papa!«, sagte Antonia. »Reg dich doch nicht auf. Ich will nur wissen, was eigentlich los war damals. Warum man zum Beispiel an Silvester keinen Mucks machen darf. Warum immer diese Heimlichtuerei? Das will ich wissen.«

»Was ist heimlich?«, krähte Tim dazwischen.

»Halt dich da raus!«, zischte Antonia.

»Deine Großmutter hast du auch mit diesen Fragen bombardiert, stimmt's?«, sagte der Vater leise, sodass Tim ihn nicht hören konnte. »Jetzt verstehe ich. Deshalb geht es ihr so schlecht. Warum musst du denn in diesen alten Geschichten rumwühlen? Hast du nicht genug zu tun? Kannst du dich nicht ein bisschen mehr mit deinen Freunden treffen? Hör auf in der Vergangenheit zu graben, das regt nur alle auf. Es spielt doch keinerlei Rolle für dich, woran Robert gestorben ist! Also, was fragst du noch!«

»Doch, spielt es!«, rief Antonia plötzlich verzweifelt. »Und es ist auch wichtig, zu wissen, dass er mir immer …«

Sie brach ab. Weiter wusste sie ja selbst nicht. Die Worte der Großmutter hingen in diesem Zimmer und bewegten sich nicht von der Stelle.

Antonia biss sich auf die Lippen und stand auf. Als sie an der Tür war, holte die Stimme des Vaters sie ein.

»Dass er dir immer *was?*«, fragte er und in seinem Tonfall lag ein Unbehagen, ein Verdacht, sodass Antonia stehen blieb und dachte, sie müsste auf der Stelle ohnmächtig werden.

Langsam drehte sie sich zum Vater um und sah ihn an. Sie spürte, dass er etwas Entscheidendes von ihr erwartete, doch tat sie das nicht auch? Sie selbst erwartete etwas Entscheidendes von ihm, eine entscheidende Information, ein wichtiges Mosaikteilchen, das ihr Leben beeinflussen würde. Warum merkte er das nicht?

»Dass er dir immer *was?*«, wiederholte er noch einmal und erwiderte ausdruckslos ihren bittenden Blick.

»Ich weiß es ja selbst nicht«, sagte sie und warf ihm einen letzten Blick zu. Doch der Vater zerrte die Zeitungsseiten auseinander und knurrte, dass er seine Ruhe haben wollte.

Da ging Antonia aus dem Zimmer, zog die Jacke an, warf die Haustür hinter sich zu. Keinen einzigen Atemzug konnte sie mehr tun in dieser Wohnung. Sie trat hinaus ins Freie und holte tief Luft. Dann begann sie zu gehen.

Nachdem sie einige Straßen weit gelaufen war, hielt sie inne. Es begann zu dämmern, Amseln schimpften in ihren Schlafplätzen, ab und an flog noch ein Vogel von einem Straßenbaum zum nächsten, als habe er den falschen Baum erwischt. Mit einem Schlag gingen die Straßenlaternen an. Antonia atmete tief ein und wieder aus. Was sollte sie tun?

Ziellos ging sie weiter. War es hier gewesen, vor Wochen, die ihr wie Jahre vorkamen, als sie die Musik in dem Auto gehört hatte? Ihr war, als hätte alles mit dieser Musik begonnen. Und mit dem Schlüssel natürlich. Ohne den Schlüssel wäre sie noch immer die dumme stumme Toni, die brav auf ihren kleinen Bruder aufpasste und die keine Ahnung hatte, wer sie selber war und was sie wollte.

Antonia blieb stehen. Wusste sie denn heute, wer sie selber war und was sie wollte? Nun, sie wollte Klavier spielen lernen. Reichte das schon?

Langsam ging sie weiter und erzählte sich in Gedanken, was alles wohl wie gewesen war. Onkel Robert war zwölf Jahre jünger als die Mutter. Er hatte Klavier gespielt. Sein Klavier stand seit Jahren im Keller der Großmutter. Alle Noten waren in Kartons gepackt. Und um nicht an Robert erinnert zu werden, wurde keine Musik mehr gehört. Ja, so war es!

Auch viele Fotos waren verschwunden. In dem Karton gab es kaum Bilder, die Robert zeigten, und die Großmutter war selbst überrascht. Offenbar hatte nicht die Großmutter sie fortgelegt. Aber wer dann?

Als sie, Antonia, geboren wurde, war Robert fast siebzehn. Tante Silke und Onkel Paul waren ebenfalls jünger als die Mutter, die die Älteste der Geschwister war, doch der Abstand zu Robert war am größten. War die Mutter damals mit ihr selbst oft bei der Großmutter gewesen? Hatte Robert Antonia oft gesehen? Auf dem Foto wirkte er sehr vertraut mit dem Baby. Und das Baby, sie selbst, lachte ihn an. Ja sicher, sie mussten sich gut gekannt haben.

Aber warum erzählte niemand etwas über diese Zeit? Warum immer nur dieses furchtbare Schweigen? Selbst der Vater verhielt sich nicht wirklich anders. Eben war er richtig wütend geworden. Oder betroffen. Warum? Und was bedeutete der Satz »Bei Robert fing es auch so an«?

Benommen von so vielen Fragen sah Antonia sich um. Sie stellte fest, dass sie nicht wusste, wo sie war. Weiter hinten gab es mehrere Geschäfte, die bereits geschlossen hatten, auf der Straßenseite gegenüber befand sich ein kleiner Gemüseladen, daneben ein Restaurant. Verwirrt sah Antonia durch die Fenster auf eine Reihe kleiner runder Tische, auf den Tischen lagen schneeweiße Tücher und glänzendes Besteck, die Lampen darüber warfen einen gedämpften Lichtkegel auf die Paare, die dort saßen und aßen. Gerade wollte Antonia wieder umkehren, als ihr Blick auf ein Lächeln fiel, ein Lächeln, das ihr so vertraut und doch so fremd war, und ihr stockte der Atem. Dort saß die Mutter.

Sie hatte ein Glas in der Hand und lächelte ihr Gegenüber an. Sie sagte etwas. Das Gegenüber lachte, Antonia sah es an den zuckenden Schultern und an der Hand, die übers Gesicht fuhr und dann nach dem Glas griff, das Glas zur Mutter hinüberhielt und ihr zuprostete. Dann drehte sich der Kopf des Gegenübers und Onkel Harrys Gesicht erschien überdeutlich im Fenster, sein Blick irrte auf die Straße hinaus, als erwartete er sie, Antonia, doch nein, sein Blick wanderte zurück, seine Lippen sagten etwas, nun lachte die Mutter, kurz nur, dann schwiegen beide und tranken.

Antonia wandte sich ab und stolperte zurück in die Dämmerung.

Als sie schließlich die Haustür öffnete, wusste sie nicht, wie sie den Weg zurück gefunden hatte. Wie betäubt ging sie in ihr Zimmer und legte sich auf das Bett. Sie wollte nur noch schlafen und an nichts mehr denken, schlafen und vielleicht sich noch auf Mittwoch freuen.

17

Eine neue Woche begann. Gleich am Montag kam Julia in der Pause auf Antonia zu und wollte wissen, wie sie denn nun Jannis fand.

»Du bist ja so schnell abgehauen, was war denn los?«, fragte sie und schielte gleichzeitig über den Schulhof.

Antonia zuckte mit den Schultern.

»Ganz süß«, sagte sie so dahin und schaute ebenfalls in eine andere Richtung. Wenn Julia ihre Antwort eigentlich gar nicht hören wollte, dann musste sie auch keine richtige geben. Zugleich erblickten ihre Augen vorn am Eingang den Musiklehrer Weiß.

Schnell drehte sie sich um. Auf keinen Fall durfte er herüberkommen und Antonia wegen der Klavierstunde ansprechen! Unauffällig begann sie langsam in die andere Richtung zu gehen. Julia ging zögernd mit.

»Was heißt ›ganz süß‹?«, fragte sie und drehte sich immer wieder um.

»Wie ich es sage«, murmelte Antonia und drehte sich ebenfalls um. Weiß stand noch immer am Eingang und sprach mit einem jüngeren Kollegen. Dann legte er ihm den Arm um die Schulter, klopfte mit der anderen Hand kurz die Wange des anderen und verschwand im Gebäude.

»Hast du das gesehen?«, sagte Julia atemlos.

»Was?«, entgegnete Antonia und fürchtete sich schon vor dem, was Julia als Nächstes sagen würde.

»Der schöne Weiß, hast du gesehen, wie er den neuen Mathelehrer umarmt hat? Fast hätte er ihn abgeküsst! Widerlich!«

Antonia schüttelte sich. Hatte sie richtig gehört?

»Bestimmt ist der schwul«, ächzte Julia und schielte kurz zu Antonia rüber.

Aha. Antonia hatte begriffen, ausnahmsweise einmal. Sie sollte den netten Musiklehrer verachten. Julia war eifersüchtig, das war es. Deshalb auch diese Sache mit Jannis.

»Glaub kaum«, brachte sie noch hervor und wandte sich dann ab. Wohin konnte sie nur gehen? Ihr Blick irrte über den Schulhof, die Bänke unter den Bäumen waren nass vom letzten Regen und ins Gebäude konnte sie auch nicht, sonst lief sie noch Herrn Weiß in die Arme.

Betont langsam schlenderte sie zum hinteren Bereich und wünschte sich weit fort. Wäre doch nur schon Mittwoch und sie könnte die Stufen hochsteigen zu Schiller und seinem großen wunderbaren Flügel. Oder sie könnte jetzt sofort im Keller sein und ihr Klavier besuchen, die neuen Übungen noch einmal probieren und vielleicht ein neues kleines Stück heimlich beginnen.

Doch was war mit der Großmutter? Ob der Vater Recht gehabt hatte und Antonias Fragen und die Suche nach Fotos hatten die Großmutter so aufgeregt, dass es ihr wieder schlechter ging? Vielleicht war es falsch, sie jetzt zu besuchen. Ach, könnte sie doch nur dem allen entfliehen, dem hier in der Schule, dem Keller, und dem Zuhause auch.

Bei dem Gedanken tat Antonias Herz einen Satz. Zu Hause. Als die Mutter gestern nach Hause kam, war Antonia schon im Bett gewesen, aber schlafen konnte sie noch lange nicht. Es war fast Mitternacht, als sie die Haustür gehört hatte und die Stimmen, doch sie konnte nichts verstehen. Darüber war sie froh, sie wollte auch nichts verstehen von dieser Sache und am Morgen war sie besonders früh losgefahren. Die Mutter und Onkel Harry. Was bedeutete das alles?

Zwei Tage später, am Mittwoch, ging sie nach der Schule nicht wie sonst fast immer zur Großmutter, sondern zu Schiller, um ihre erste richtige Klavierstunde zu erhalten. Das Herz klopfte ihr bis zum Hals, als sie das Treppenhaus betrat und die vielen Stufen hochstieg. Diesmal war nichts zu hören, kein Chopin, nur ihre eigenen Schritte auf den knarrenden Stufen. Als sie endlich vor der Tür stand, war aus dem Herzklopfen ein Rasen geworden. Einen Moment wartete sie, um sich zu beruhigen, dann klingelte sie.

Die Tür ging auf und Schillers Gesicht erschien. Er lächelte sie an und sprach gleichzeitig in das Telefon, das er ans Ohr drückte. Er winkte sie herein, wies in das Musikzimmer und flüsterte, dass es einen Moment dauern würde. Dann verschwand er in einem Nebenraum.

Zögernd trat Antonia ein. Sie legte die Jacke und den Rucksack ab, holte die Noten hervor und setzte sich still an den Flügel. Dicke Stapel Noten lagen zu beiden Seiten des Notenbretts. Auf dem Brett stand ein aufgeschlagenes Notenbuch. Die Stücke sahen schwer aus. Antonia stellte ihr kleines Heft und die losen Seiten mit den Übungen darüber. Wie lange würde es wohl dauern, bis sie solche Stücke spielen konnte?

Plötzlich verschwand ihr Mut. Sie war dreizehn, fast vierzehn – viel zu alt, um ein Instrument zu beginnen. Damit musste man doch schon im Kindergarten anfangen.

Nein, das war ein unerträglicher Gedanke! Schnell schaute Antonia fort von den Noten, sah sich die übervollen Regale an, das Gemälde weiter hinten, es zeigte eine Frau, deren Gesicht irgendwie auseinander geraten war und die ein Buch las. An der gegenüberliegenden Wand hingen eine Menge Fotos, doch Antonia traute sich nicht, aufzustehen und sie genauer zu betrachten. Sie blieb lieber still sitzen und wartete. Gedämpft konnte sie Schillers Stimme hören, jetzt wurde sie lauter, rief fröhlich »Bis bald!«, dann erschien er in der Tür.

»Das ist ja wunderbar!«, rief er und ging rasch auf Antonia zu. »Gerade habe ich einen Anruf von einem ehemaligen Schüler erhalten. Er ist inzwischen ein recht bekannter junger Pianist. Er kommt hierher und wird als Vertretung für den erkrankten berühmten Machanov ein Konzert geben, schon am nächsten Samstag! Eine tolle Chance für ihn, das könnte sein Durchbruch werden …«

Versonnen schaute Schiller kurz aus dem Fenster, dann sah er Antonia an. »Genau. Das ist auch deine Chance. Warst du schon einmal in einem Konzert?«

Antonia schüttelte überrascht den Kopf. Konzert? Im großen Konzerthaus?

»Ich lade dich ein! Das ist doch ein wunderbarer Anfang, nicht wahr?« Begeistert lief er um den Flügel herum und setzte sich dann auf den Stuhl daneben. »Nun jedoch zu dir, junge Dame. Ich hoffe, du konntest deine Übungen machen. Lass mal sehen!«

Antonia legte die Hände über die Tasten, spürte einen kurzen Moment jenes Prickeln in den Fingern, als gäbe es eine elektrische Spannung zwischen den Tasten und den Fingerspitzen, dann senkte sie die Finger herab und begann zu spielen.

Schiller war zufrieden. Ein paar Mal murmelte er etwas wie »Soso, sehr schön«. Gelegentlich berührte er leicht ihren Handrücken und drückte ihn sanft herunter, wenn sie einen Ton anschlug. Sogleich wurde der Ton voller, klarer und irgendwie eigenwilliger, kam es Antonia vor, fast als würde der Ton plötzlich Leben eingehaucht bekommen.

»Nun spiel eines deiner Stückchen, aber ganz langsam und mit dieser Methode, jede Hand allein«, schlug Schiller vor.

Schnell holte Antonia den Band mit den Mozart-Sonaten hervor.

»Alla turca«, sagte sie liebevoll und begann mit der rechten Hand. Es klang langweilig. Es war zu langsam und zu abgehackt, einfach langweilig. Enttäuscht brach Antonia ab.

»Nein, nein, weiter so, das war prima!«, rief Schiller und hob ihre Hand wieder auf die Tasten. »Mach dir nichts daraus, wenn es nicht so gut klingt. Du fängst doch erst an!«

Also spielte sie wieder und wieder, jeder Ton wurde abgehackt mit wippendem Handgelenk angeschlagen, doch nach einer Weile spürte sie, wie ihre Finger sicherer wurden und die Töne fester. Nun kam die linke Hand, dann wieder die rechte.

»Prima!«, rief Schiller. Er holte neue Noten hervor. »Dies hier eignet sich besser für solche Übungen. Spiele jede Hand getrennt, niemals! – versprich mir das – niemals zusammen. Kennst du alle Noten?«

Antonia las die Überschrift. Ein Stück von Johann Sebastian Bach. Keine Vorzeichen. Ein paar Noten, die in der linken Hand unter den Linien hingen, kannte sie noch nicht. Schiller sprach alles mit ihr durch, spielte kurz das Stück vor, einmal langsam, wie sie üben sollte, dann schnell, wie es eigentlich gehörte. Das klang schon ganz anders! Antonia bekam Gänsehaut beim Zuhören.

Beim Abschied hielt Schiller Antonia die Jacke hin. Verlegen schlüpfte sie hinein. Am liebsten hätte sie ihn gefragt, warum er ihr Unterricht gab, doch sie traute sich nicht.

»Wie lange kannst du jeden Tag üben?«, fragte er unvermittelt.

Antonia schwieg überrascht. Jeden Tag?

»Verschieden«, murmelte sie dann und verstummte wieder.

»Versuche jeden Tag eine Stunde zu üben, das wäre gut. Du bist begabt, aber nicht mehr ganz jung, also kannst du viel einholen, wenn du gut übst.« Aufmunternd klopfte er ihr auf die Schulter. Dann schlug er vor, dass sie sich am Samstag eine halbe Stunde vor Beginn des Konzertes treffen sollten.

Antonia nickte und gab Schiller die Hand. Einen Moment sah sie in seine Augen, einen flackernden Augenblick lang spürte sie seine Wärme und Aufmerksamkeit, die sie durchflutete wie ein heißes Getränk, dann schlug sie die Augen nieder.

»Vielen Dank«, sagte sie leise, »bis Samstag also. Ich freu mich!«

Er drückte ihre Hand und hielt sie einen Moment fest.

»Merkwürdig«, murmelte er vor sich hin. »Diese Finger …«

Er brach ab und lachte ein wenig gequält.

»Kein Zweifel, ich werde alt, da sieht man manchmal Gespenster«, sagte er mit einer Stimme, die fröhlich klingen sollte.

Antonia horchte auf. Diesen Tonfall kannte sie nur allzu gut. Sie winkte kurz und lief die Treppe hinunter. Besser nicht nachfragen. Besser nicht wissen, was er meinte. Sie spürte plötzlich die Kraft ihrer Beine, Spaß machte es, die Treppen hinunterzudonnern, zwei und zwei Stufen nehmend, und nun erklang sie wieder, die Melodie, von der oberen Wohnung stürzten die Töne hinter ihr her, Chopin, diese Melodie, die sich endlos zu verirren schien, dunkle Mächte zwangen sie dazu, doch noch bevor sie zurückkehren konnte zu ihrem Ausgangspunkt, öffnete Antonia unten die Haustür und wollte gerade hinaus ins Sonnenlicht springen, als ihr eine Gestalt entgegentrat. Geblendet von der Mittagssonne blieb Antonia in der Tür stehen und ließ die Gestalt an sich vorbei.

»Danke«, sagte eine heisere Stimme und eine Hand nahm ihr die schwere Haustür ab.

Blinzelnd schaute Antonia in ein Jungengesicht, Sommersprossen auf sehr heller Haut, die Haare im grellen Sonnenlicht ein Durcheinander von Rotblond und Golden, die Augen von einer Farbe wie grüner Smaragd.

Schnell sah Antonia fort, ihr Blick fiel auf die flache Tasche unter seinem Arm, abgewetztes Leder. Dann hob sie ihn wieder, blickte in diese Augen, die noch immer zu ihr schauten.

»Kommst du von oben?«

Seine Stimme klang rau und zart zugleich.

Antonia nickte nur, wollte ein Wort hinzufügen, irgendeines, doch es kam nur ein Krächzen heraus.

Der Junge nickte ebenfalls.

»Ich bin auch bei ihm«, murmelte er und wies mit der Notentasche nach oben, von wo die Töne herkamen.

»Ach ja?«, brachte sie endlich hervor und zwang sich zu einem Grinsen. Noch immer hing ihr Blick in seinen Augen wie gefangen, kein Blinzeln oder Zwinkern war nötig, nein, es brauchte nichts, um ihn anzusehen.

»Ja«, sagte er schließlich und rückte ein wenig zur Seite, die Tür schwankte, ein abschließendes heiseres »Na dann« war zu hören, und er überließ die Tür wieder Antonia und stieg die Treppen hinauf.

18

Benommen trat Antonia auf die Straße.

Wie konnte jemand nur so grüne Augen haben?

Sie spürte tausend Nadeln in ihrem Magen. Ein Glücksgefühl durchrieselte ihren Körper und ein Schmerz saugte es wieder auf. Wie dumm hatte sie sich angestellt! Noch nicht mal ein vernünftiges Wort hatte sie zustande gebracht. Ob dieser Junge immer nach ihr Unterricht hatte?

Für das nächste Zusammentreffen würde sie sich ein paar gute Sätze zurechtlegen, dachte Antonia und lief nun beschwingter über den Gehweg. Das nächste Mal. Warum nur dauerte eine Woche so lang?

Antonia überquerte die Straße und schlug den Weg zur Innenstadt ein. Es war noch früh, die Mutter würde erst in zwei Stunden kommen. Ihre Gedanken gingen zu Schiller zurück. Eine Stunde üben. Täglich. Wie sollte sie das nur schaffen? Versunken lief Antonia an Häusern und Straßen vorbei, ohne etwas wahrzunehmen. Dieser grünäugige Junge ging sicher nach der Stunde nach Hause, setzte sich an sein Klavier und übte zwei Stunden, ohne dass ihn jemand störte. Und am Abend spielte er noch einmal eine Stunde.

Wie lange er wohl schon bei Schiller war?

Dann fielen ihr Schillers letzte Worte ein. *Da sieht man manchmal Gespenster.* Was für Gespenster denn, hätte Antonia am liebsten laut gerufen, und was hat das mit meinen Fingern zu tun?

Müdigkeit überkam sie. Warum konnte etwas nicht genau so sein, wie es zu sein schien? Warum musste überall ein verborgener Sinn lauern und sie anfallen, gerade dann, wenn sie glaubte sicher zu sein?

Lieber dachte sie an das Konzert. Ohne es zu merken, wurden ihre Schritte beschwingter. Wie wunderbar das wäre! Aber – hier stockten ihre Gedanken und ihre Schritte hielten an – was sollte sie den Eltern sagen?

Grübelnd ging sie weiter und näherte sich der Fußgängerzone. Jetzt wusste sie, wohin sie wollte. Natürlich! Der alte Mann inmitten seiner sanften Herde von Klavieren und Flügeln wartete bestimmt schon auf sie. Zielstrebig bog sie um zwei Ecken, dann war sie vor dem großen Fenster. Klavier-Breuer.

Innen standen die Instrumente wie die dunklen Rücken von grasenden Büffeln. Je länger Antonia hineinstarrte, desto mehr schien das eine oder andere Klavier seine Position leicht zu verändern, ein kurzes Schwanken, ein Ausatmen, ein winziges Zittern, und die ganze Herde schwenkte ein wenig nach links oder rechts. Antonia zwinkerte, kniff die Augen zusammen und suchte im hinteren Teil den Alten. Doch die Scheibe spiegelte das Sonnenlicht, sie konnte ihn nicht ausmachen. Einen Moment zögerte sie, dann drückte sie gegen die Tür und trat ein.

Die Türglocke erklang. Ihr Ton hing zitternd in der staubigen Luft.

Antonia tat ein paar Schritte, vorbei an den kleineren Klavieren, und näherte sich der rückwärtigen Wand, Noten standen auf dem Lieblingsflügel wie beim letzten Mal, der Schemel stand davor bereit und da erscholl auch schon von hinten die Stimme des Alten.

»Fang nur an, ich habe dich erwartet! Bin gleich bei dir!«

Flink setzte Antonia sich, zog den Schemel zurecht, stellte die Noten auf und begann mit den Übungen. Gewissenhaft spielte sie die Fingerübungen, jede Hand allein, immer wippte das Handgelenk mit jedem Anschlag und nach einer Weile hatte Antonia das Gefühl, die einzelnen Töne würden ihr tatsächlich gehorchen und genau so herauskommen, wie sie es sich wünschte.

Sie probierte laute und leise Töne, zarte und kräftige, nachdenkliche und sichere, zögernde und ungestüme. Immer mehr wurden die Töne so, wie sie sein sollten. Dann holte sie Bach hervor.

Plötzlich stand der Alte an ihrer Seite.

»Sehr konzentriert«, murmelte er, »und dein Anschlag ist bemerkenswert.«

»Ach, ich lerne es ja gerade erst«, lachte Antonia und fühlte sich froh und leicht.

»Nun ja, manche lernen es nie, nicht wahr?«, sagte der Alte sanft und hielt Antonia einen dampfenden Becher Tee hin.

Dankbar trank Antonia in kleinen Schlucken. Der Alte verschwand wieder hinter dem Vorhang und Antonia übte weiter. Erst als ihre Unterarme zu schmerzen begannen, hörte sie auf.

»Kommst du morgen wieder?«, fragte der Alte, als Antonia ihre Sachen zusammenpackte. Er trat an den Flügel und strich über die schwarzen und weißen Tasten. Ein kurzer trockener Laut erklang. »Es ist so schön, wenn jemand Klavier spielt ...«, sagte er und es klang, als wollte er weitersprechen. Doch er schwieg und sah ihr zu, wie sie die Jacke anzog und den Rucksack über die Schulter warf.

»Gern«, sagte Antonia lächelnd und gab ihm zum Abschied die Hand. »Auf Wiedersehen also, und vielen Dank!«

Als sie schon an der Tür stand, rief er noch: »Bis morgen!«

»Bis morgen«, wiederholte Antonia und warf einen Blick über die ruhige Büffelherde. Wieder durchzuckte sie ein schmerzliches Gefühl von Verrat. Mein Klavier ist ganz allein, dachte sie und winkte zugleich dem Alten zum Abschied, mein Klavier braucht mich, ich darf es nicht verlassen.

Nicht nur ihr Klavier brauchte sie. Auch die Großmutter hatte gewartet und schließlich rief Frau Köttge bei Wächters an, um zu hören, ob Antonia nicht käme. Zum Glück war noch niemand außer Antonia zu Haus.

»Nein, mittwochs kann ich nicht mehr«, sagte Antonia in den Hörer und fühlte sich elend, »ich dachte, ich hätte es beim letzten Mal erwähnt.«

Frau Köttge meinte, die Großmutter würde sich so freuen, wenn sie da wäre, und dass es ihr im Moment nicht so gut ginge, ob Antonia nicht morgen kommen könne. Also sagte Antonia zu. Sicher machte es nichts, wenn sie noch einmal die Sportstunde ausfallen ließ.

Als später die Mutter mit Tim nach Hause kam, versuchte Antonia irgendwelche Anzeichen oder Hinweise zu finden, dass etwas nicht stimmte mit ihr und dem Vater. Doch die Mutter war wie immer. Eine halbe Stunde ruhte sie sich auf dem Sofa aus, dann las sie die Zeitung, während Tim auf dem Teppich seine Legofahrzeuge ausbreitete. Doch beim Abendbrot sagte sie unvermittelt zu Antonia: »Und in Biologie macht ihr jetzt Vererbungslehre?«

Erschrocken ließ Antonia das Messer sinken. Offenbar

hatte sie gestern einen großen Fehler gemacht. Auch der Vater sah aufmerksam zu ihr rüber und tauschte einen kurzen Blick mit der Mutter. Mühsam zuckte Antonia mit den Schultern.

»Mm«, murmelte sie und biss, nur um etwas zu tun, in ihr Brot.

»Mendel und so?«, fragte der Vater.

Schnell nickte Antonia und überlegte krampfhaft eine ablenkende Gegenfrage.

»Und wie war dein Italienisch?«, fragte sie auch schon und verschluckte sich fast. Das hatte sie eigentlich nicht fragen wollen. Alles andere, nur das nicht.

»Ganz nett«, sagte die Mutter jedoch gut gelaunt und reichte Tim den Wurstteller.

»Ich will nach Italien«, krähte der und griff sich gleich mehrere Wurstscheiben.

»Nur eine«, sagte die Mutter wohlwollend.

Angestrengt kaute Antonia an ihrem Brot. Offenbar hatte der Vater mit der Mutter über ihren Streit gesprochen. Sein Blick ging zwischen Tim und dem Wurstteller hin und her und streifte gelegentlich Antonia. Was hatte er erzählt? Mühsam schluckte Antonia die Brotmasse hinunter. Am liebsten wäre sie in ihr Zimmer gegangen, doch sie traute sich nicht.

Plötzlich sah die Mutter auf und sagte mit kräftiger Stimme: »Du wolltest wissen, woran Robert gestorben ist. Es war eine Influenza. Ganz überraschend. Es hat nichts mit einer Erbkrankheit zu tun.«

Antonia erstarrte. Der Name Robert hallte in ihren Ohren nach wie ein verbotener Fluch. Sie sah die Mutter an und verstand kaum, was sie gesagt hatte.

Die Mutter jedoch nahm die Teekanne und goss dem

Vater ein. Dabei zog sie die Augenbrauen hoch und der Vater nickte ihr kaum merklich zu.

Sie lügt, dachte Antonia. Sie lügen beide, sie haben sich verabredet.

»Was ist Influenza?«, fragte Tim und haute mit dem Löffel gegen seinen Becher, als er nicht sofort eine Antwort erhielt.

»Eine schwere Grippe«, sagte der Vater. »Iss jetzt deine Wurst und trink aus.«

Da war er wieder, der Ton in der Stimme, der gelassen und normal, fast freundlich klingen sollte. Aber Antonia spürte genau, wie angestrengt er war.

Sie lügen, dachte sie und fühlte sich fast beschwingt, weil es definitiv feststand. Sie lügen. Aber warum?

Am nächsten Tag schlich Antonia sich aus der Schule, als die anderen in die Turnhalle liefen, stieg aufs Rad und fuhr zur Großmutter.

Frau Köttge öffnete.

»Schön, dass du kommst«, sagte sie und lächelte Antonia an. »Deine Großmutter ist gerade heruntergekommen.«

Verständnislos sah Antonia die Haushälterin an.

»Nun ja«, sagte Frau Köttge, »im Moment liegt sie viel im Bett. Sie ist schwach, weißt du. Sie wartet schon auf dich.«

Im Wohnzimmer saß die Großmutter in ihrem Sessel, eine Decke über ihren Knien, die weißen Hände lagen in ihrem Schoß wie zwei leblose Tauben. Als sie Antonia erblickte, begannen ihre Augen zu leuchten.

»Toni, mein Schatz«, sagte sie matt und winkte Antonia zu sich. »Ich hab auf dich gewartet.«

»Hallo Oma«, erwiderte Antonia scheu. Sie beugte sich vor und drückte der Großmutter einen Kuss auf die kühle Wange. »Tut mir Leid, aber mittwochs kann ich nicht mehr kommen.«

»Aha, so ist das«, nickte die Großmutter. »Aber jetzt bist du ja da. Magst du was essen?«

Sie wies ins Esszimmer, wo der Tisch gedeckt war.

»Geh du nur, ich bleibe hier sitzen, ich habe keinen Hunger«, fuhr sie leiser fort und schob Antonia sanft von sich.

»Ich esse nur, wenn du auch was isst«, sagte Antonia und ging zum Tisch. Sie tat sich selbst und der Großmutter von den Kartoffeln, dem Gemüse und ein wenig Fleisch auf, dann kehrte sie zurück.

»Moment«, rief sie und lief hinunter in die Küche, um ein Tablett zu holen, auf dem die Großmutter den Teller abstellen konnte.

Die Treppe in den Keller war spärlich beleuchtet. Kurz dachte Antonia an Silvester und wie alles damals begonnen hatte, dann war sie in der Küche und holte das Tablett. Auf dem Weg zurück nach oben hielt sie plötzlich inne.

Etwas stimmte nicht.

Sie blieb auf der Stufe stehen und drehte sich um.

Die Tür zu ihrem Klavier stand offen. Und gerade war das Licht in dem Raum angegangen.

Antonia hielt den Atem an. Lautlos stieg sie von der Stufe und machte einen Schritt auf die halb geöffnete Tür zu, da kam Frau Köttge aus dem Kellerraum.

Bei Antonias Anblick blieb sie erschrocken stehen, dann lächelte sie, zog die Tür hinter sich zu und sagte leise: »Du spielst hier seit Wochen Klavier, nicht wahr?

Ich hab dir schon Licht gemacht. Ich finde es so wunderbar. Warum soll das arme alte Klavier dort verstauben, nicht wahr?«

»Und Oma?«, stieß Antonia atemlos hervor.

Frau Köttge nickte. »Ja, ich vermute, sie hat dich auch schon ein paar Mal gehört. Aber sie spricht nicht davon. Sie wartet nur auf dich. Deshalb glaube ich, dass es ihr gut tut, wenn du hier bist. Und es tut ihr gut, wenn du Klavier spielst. Aber du solltest nicht darüber sprechen.«

Antonia starrte Frau Köttge an. Dann nickte sie langsam.

Nicht darüber sprechen. Das kannte sie. Das war Gesetz in dieser Familie.

Aber ich muss darüber sprechen!, wollte sie rufen, doch die Worte blieben ihr im Halse stecken.

Langsam drehte sie sich um und stieg die Treppe hoch, Stufe für Stufe fort von ihrem Klavier, fort von ihrem Geheimnis, fort von ihrem eigenen geheimen Ort, von dem niemand etwas wusste, und mit jeder Stufe stieg eine furchtbare Gewissheit deutlicher in ihr auf.

Es war nicht ihr kleiner geheimer Ort. Jeder in dieser Familie kannte diesen Ort, nur sie nicht. Jeder verband etwas anderes mit diesem Klavier als sie. Niemand fand sie wichtig. Niemand interessierte, was sie vorhatte und sich erträumte. Nein, alle dachten an alte Dinge, die mit dem Klavier zu tun hatten, nur nicht an sie. Und deshalb stand das Klavier versteckt im Keller. Weil niemand daran erinnert werden wollte.

19

Die Tage bis zum Samstag vergingen schleppend. Am liebsten wäre Antonia krank geworden, hätte im Bett gelegen und wäre nicht mehr aufgestanden. Nur die Aussicht auf das Konzert ließ sie weitermachen, als wäre nichts geschehen.

In der Schule fühlte Antonia sich von Julia beobachtet. In den Pausen kam sie immer mal wieder bei Antonia vorbei, fragte etwas Belangloses, zog dann weiter, blieb jedoch immer in ihrer Nähe. Dieser Jannis erschien hin und wieder mit ein paar Freunden, mit denen er herumalbern und lachen konnte, warf Julia lange Blicke zu und ignorierte Antonia. Ihr konnte das nur egal sein. Sie hatte sich inzwischen angewöhnt in den Pausen zu lesen, fast immer saß sie nun mit ihrem Buch irgendwo und las und brauchte niemanden mehr.

Der letzte Besuch bei der Großmutter hatte damit geendet, dass Antonia das Essen zurück in die Küche brachte, die Großmutter in ihr Zimmer hinaufbegleitete und dann im Wohnzimmer saß und auf ihren Baum im Garten starrte. Schließlich hatte sie die Großmutter geweckt und ihr Tee gekocht. Dann war sie, ohne das Klavier angerührt zu haben, nach Hause gefahren. Einmal noch war sie in den Keller gestiegen, hatte den Klavierdeckel geschlossen und es mit dem Schonbezug zärtlich verdeckt, dann hatte sie die Lampe gelöscht und mit hinausgenommen, die Tür verschlossen und kein Adieu geflüstert.

Es war ein Abschied ohne Abschiednehmen. Doch den Schlüssel behielt Antonia und ließ ihn in ihre Hosentasche gleiten wie beim ersten Mal.

Zweimal in dieser Woche besuchte Antonia den Klavierhändler, machte brav alle Übungen und versuchte möglichst nicht an ihr Klavier zu denken, das nun wieder allein im Dunkeln stand. Es fiel ihr leicht, wenig mit dem Alten zu reden. Er schien immer melancholischer zu werden, je länger sie spielte, und beim Abschied sprach auch er wenig, fragte jedoch immer, wann sie wiederkäme.

Auch bei ihm schien Antonia mit fremden Geistern kämpfen zu müssen. Warum nur war das Leben voller trauriger Erinnerungen? Sie selbst schien schon Teil dieser Erinnerungen zu sein, obwohl sie mit ihren dreizehn Jahren nun wirklich nicht zur Vergangenheit gehören konnte. Sie lebte doch jetzt!

In den letzten Tagen allerdings erschien ihr das Leben oft schwer und manchmal war es fast, als wäre sie gar nicht lebendig. Auch die Musik war kein Trost. Der neue CD-Player lag unbenutzt in ihrem Rucksack.

Nur das Foto von Robert und sich selbst holte sie immer wieder hervor und befragte es nach der Vergangenheit. Was war geschehen? Warum logen die Erwachsenen? Warum erzählte niemals jemand von Robert, wie er das kleine Mädchen Antonia geliebt und mit ihm gespielt hatte?

Es gab keine Antworten. Ohne darum zu kämpfen, würde Antonia es nie erfahren. Sie musste die Großmutter fragen.

Doch zunächst rückte der Samstag und mit ihm das Konzert heran. Antonia hatte sich für den Abend eine Notlüge überlegt. Sie wollte den Eltern sagen, dass sie zu einer Party bei jemand aus der Klasse eingeladen wäre und zusammen mit Julia dorthin gehen würde.

Vorsichtshalber wollte sie Julia halbwegs einweihen, damit bei einem Kontrollanruf der Eltern nichts schief gehen konnte. Doch damit wartete sie, bis es fast zu spät war. Erst am Freitagmittag, nach der Schule, überwand Antonia sich und passte Julia bei den Fahrradständern ab.

»Hey«, sagte sie leichthin und fummelte an dem Fahrradschloss, »kannst du mir einen Gefallen tun?«

Überrascht ließ Julia ihre Tasche sinken.

»Oha«, erwiderte sie, »da bin ich aber neugierig.«

Allein diese Worte nahmen Antonia fast den ganzen Mut. Krampfhaft dachte sie an Schiller und an das Konzert. Weiter, nicht aufgeben, frag sie!, spornte sie sich selbst an. Umständlich räusperte sie sich.

»Ja, ich … ich bin am Samstag verabredet und meine Eltern … Na, du weißt schon, ich möchte ihnen nichts davon sagen.«

Nun war es heraus. Unsicher sah Antonia rüber zu Julia.

»Tatsächlich? Hätte ich dir gar nicht zugetraut. Wie sieht er denn aus? Braune Augen, blondes Haar?«

Julia lachte kurz und klingelte übermütig mit der Fahrradglocke. Sie klang fröhlich und unbeschwert. Genauso sollte ich auch sein, dachte Antonia bedrückt und beneidete Julia plötzlich mit aller Kraft.

»Nein«, sagte sie und ohne weiter nachzudenken rutschte es ihr schon raus. »Grüne Augen, rotes Haar.«

Julia hob die Augenbrauen.

»Das klingt ja sehr besonders«, sagte sie und schob ihr Fahrrad aus dem Ständer. »Und nun soll ich dir ein Alibi geben?«

Betreten nickte Antonia. Das hatte sie nicht sagen wollen. Aber irgendwie war es nun leichter. Zwar wollte Julia jetzt Einzelheiten wissen, doch Antonia sagte nur, dass sie sich noch nicht so gut kennen würden, und ja, vielleicht wollten sie ins Kino gehen oder in eine Disco. Fast glaubte sie schon selbst an diese Verabredung. Bei dem Gedanken an die grünen Augen und an die irgendwie heisere Stimme jagte ihr ein Schauer über den Rücken. Hoffentlich kommt er auch ins Konzert, dachte sie, während sie sich bei Julia bedankte und ihr versprach am Montag alles haarklein zu erzählen.

Endlich war der Samstag da. Die Eltern schienen erfreut zu hören, dass Antonia eingeladen war, auch wenn das Wort Party zunächst Befremden auslöste. Der Vater wollte wissen, ob sie um zehn Uhr zu Hause wäre.

»Ein bisschen später!«, flehte Antonia und überlegte krampfhaft, wie lange wohl Konzerte gingen. Bestimmt nicht länger als zwei Stunden, hoffte sie.

Die Mutter nickte wohlwollend und erkundigte sich nach dem Namen des Mädchens.

»Franziska«, log Antonia und sah plötzlich die Tochter des Klavierhändlers vor sich.

»Ich geh mit Julia hin und auch wieder zurück, also kein Grund zur Sorge, okay?«, fügte sie hinzu und atmete erleichtert auf, als das Verhör beendet war und die Eltern zufriedene Blicke tauschten.

Am Nachmittag fuhren die Eltern mit Tim zur Großmutter.

»Grüßt schön von mir«, sagte Antonia, »aber ich kann heute nicht, ich muss mich gleich umziehen. Sagt ihr, dass ich sie auch bald wieder besuchen komme.« Es sollte so klingen, als wäre sie seit Wochen nicht mehr bei der Großmutter gewesen. Ob die Großmutter mit anderen über Antonias Besuche sprach?

»Verrat mich nicht, Oma!«, flüsterte Antonia inständig und spürte auf einmal eine übermächtige Sehnsucht nach ihrem Klavier, nach dem ersten Knarren der Tür, dem Lichtschein, dem Geruch nach Staub und altem Papier und nach den zitternden alten Tönen. Wie fehlte ihr das alles!

Fast war es, als hätte Antonia sich selbst ein Körperteil abgerissen oder abgehackt, und nun wollte sie es wieder annähen. Sie musste unbedingt hinfahren, gleich morgen früh, und den Schlüssel in das Schloss stecken und aufschließen wie beim ersten Mal, die Lampe auf das Klavier stellen, den Schonbezug abheben und sanft über die Tastatur streichen, dass es Witterung aufnehmen konnte und sie erkannte und wusste, wer da gleich auf ihm spielen wollte.

Als endlich der Abend kam, war Antonia viel zu früh am Konzerthaus. Die großen Flügeltüren waren noch verschlossen. Auch Schiller war noch nicht da.

Ratlos kehrte Antonia um und ging um das große Gebäude herum, am Rathaus vorbei, die Glocke des Domes dröhnte gerade einen langen Glockenschlag in die Dämmerung hinaus, Viertel nach sieben. Antonia war es, als liefe sie geradewegs auf diesem Ton entlang, der nicht enden wollte. Seine Schwingungen vibrierten in der feuchten Abendluft und ließen die Menschen, Häuser und Straßen mit einem Schlag einsam und verlassen aussehen. Warum? Vielleicht weil es nur ein einziger Glockenton war? Vielleicht weil nicht sicher war, ob jemals ein Mensch noch einmal diesen herrlichen, mächtigen Ton zu hören bekommen würde?

Das war albern. Antonia wusste genau, dass der Ton in fünfzehn Minuten wiederkehren würde, zweimal sogar.

Dennoch blieb in ihr ein leeres Gefühl von Verlorenheit zurück. Was hatte sie denn verloren, fragte sie sich verwirrt. Gerade war sie doch im Begriff, etwas zu gewinnen. Kam nicht der neue Klavierlehrer gleich zu ihr, sollte sie nicht gleich ein herrliches Konzert hören? Vielleicht war sogar der grünäugige Junge da.

Kaum schlug die Domglocke erneut, dieses Mal zwei Schläge, als auch schon eine Stimme zu hören war.

»Dort vorne steht sie. Antonia, komm herüber!«

Erleichtert tauchte Antonia aus den düsteren Gedanken auf. Jemand hatte sie gerufen. Jemand kannte ihren Namen! Bei den großen Türen, die ihre Flügel nun geöffnet hatten, standen Schiller und der Musiklehrer Weiß. Kein grünäugiger Junge.

»Wo bist du?«, flüsterte sie in die Dämmerung. Dann trat sie auf die beiden zu.

20

Allmählich füllte sich die prächtige Eingangshalle mit festlich gekleideten Leuten. Schiller hatte Antonias Arm ergriffen und führte sie zu den Garderoben, die ein Stockwerk tiefer lagen, vor den Tresen bildeten sich schon kurze Schlangen von Wartenden.

Antonia merkte, wie Schiller lächelnd den Musiklehrer ansah.

»Ob wir ihn wiedererkennen werden?«, fragte er.

Zu Antonia gewandt sagte er erklärend: »Du musst wissen, es ist fast zehn Jahre her, seit ich Pavel zuletzt unterrichtet habe. Er wird sich verändert haben. Als er fortging, war er ja fast noch ein Kind, nicht wahr, Maurice?«

Weiß nickte. »Er war erst sechzehn. Aber bei Gott, was für ein begabter Kerl!«

Antonia sah Schiller fragend an.

»Ach entschuldige, wir reden von Pavel Honigmann, meinem ehemaligen Schüler. Er ist heute Abend der Pianist. Er wird das Klavierkonzert von Robert Schumann spielen, das einzige, das Schumann komponiert hat. Vorher hören wir allerdings eine Sinfonie von Franz Schubert, die ist nur für Orchester, ohne einen Solisten. Dazwischen gibt es eine Pause. So, nun sind wir unsere Jacken los, jetzt können wir nach oben gehen und unsere Plätze suchen.«

Bei dem Namen Robert lief Antonia ein Schauer über den Rücken. Ob Onkel Robert auch einmal hier gewesen war, in diesem prächtigen Konzerthaus? Und Robert Schumann. Von dem lagen Noten im Keller. Doch schnell schüttelte sie die Gedanken an den düsteren Keller ab und betrachtete die strahlenden Kronleuchter und die glänzenden hohen Spiegel jenseits der Treppenaufgänge.

Wohltuend empfand Antonia den kräftigen Arm, der sie durch die Menge steuerte und in den großen Konzertsaal führte. Vorbei waren die düsteren Gedanken von vorhin. Auf einmal war das Leben wieder ganz nah, es pulsierte und drängte und nahm Antonia mit auf seine Wellen, trug sie dahin, sie brauchte sich überhaupt nicht anzustrengen, sie gehörte dazu.

Hin und wieder sah Antonia sich um, nein, kein rotblonder Haarschopf. Als sie auf ihren Sitzen saßen, ziemlich weit vorn, fast in der Mitte, sodass man die Hände und zugleich auch das Gesicht des Pianisten sehen konnte, wie Weiß erklärte, wunderte Antonia sich, dass kein Klavier auf der Bühne stand. Viele Stühle, davor Notenpulte, hinten große Pauken, ganz vorn ein kleines Podest mit einem Geländer drum herum. Für wen war das gedacht?

Doch Schiller, der neben Antonia saß, begann bereits alles zu erklären. Der große Flügel würde erst in der Pause hereingeschoben, jetzt gab es zunächst das Orchesterstück von Schubert. Das Podest wäre für den Dirigenten da, der im Übrigen ein bekannter Mann war, nicht nur in dieser Stadt, doch Antonia vergaß seinen Namen sofort wieder. Nur Pavel hatte sie behalten. Pavel Honigmann. Und Robert Schumann. Wie wohl der Junge mit den grünen Augen hieß? Hoffentlich kam er am nächsten Mittwoch wieder zum Unterricht.

Herr Weiß saß an der anderen Seite von Schiller, direkt am Gang, und einige Male erhob er sich, schüttelte Hände und murmelte Begrüßungsworte. Auch er schien ein bekannter Mann zu sein, dachte Antonia, und mit einem heißen Schreck fiel ihr ein, was Julia über ihn gesagt hatte, neulich auf dem Schulhof.

Kurz schielte sie hinüber zu ihm, ihr Blick glitt über sein gut aussehendes Gesicht, der knappe Dreitagebart und die ganz kurzen Haare standen ihm, seine Hand berührte leicht Schillers Knie, als er ihn auf jemanden aufmerksam machte, der von drüben herübergrüßte. Und wenn schon, dachte Antonia und wusste nicht, was sie mehr verwirrte, Onkel Harrys Hand auf Mutters Rock oder diese Hand auf Schillers Knie. Ohnehin war sie wieder fort, als Antonia noch einmal hinsah.

Nun fielen ihr Schillers große Hände auf, die breit und etwas fleischig auf den Armlehnen ruhten und unauffällig die Finger auf das Holz drückten, immer zwei zugleich, in immer verschiedener Reihenfolge. Er macht Fingerübungen, dachte Antonia und musste lächeln. Endlich einmal begriff sie, was sie sah.

Entspannt lehnte sie sich zurück und lauschte dem Stimmengewirr, das sich im großen Saal entfaltet hatte und abrupt zum Schweigen kam, als die ersten Musiker mit Instrumenten in den Händen auf die Bühne traten. Beifall erhob sich, die Musiker marschierten zügig zu ihren Plätzen hin, immer mehr folgten, die Bühne füllte sich von links nach rechts, ganz zum Schluss kamen vier Männer und eine Frau, die riesige Bässe trugen und sich auf ihre hohen Schemel hockten. Dann warteten alle. Der Beifall schien abzuebben, doch dann stürmte ein älterer Mann mit langem Lockenhaar auf die Bühne, verbeugte sich routiniert und stieg auf das Podest.

Sofort wurde es ruhig im Saal, ein paar Mal hustete jemand, der Dirigent hatte die Hände in die Luft gelegt, als läge dort ein Kissen für ihn bereit, um die Hände darauf auszuruhen, doch plötzlich kam Bewegung in ihn, die Hände flogen in die Höhe und dann begann die Musik und erfüllte den Raum und die Luft und die Menschen darin und ihre Körper und Seelen.

Die Hörner spielten. Ihr weicher Ton wehte herüber zu Antonia wie ein sanftes Willkommen, hüllte sie ein in das große Tuch des Hörens und Dazugehörens, und kaum waren sie verstummt, übernahmen die übrigen Bläser das Thema, auch sie schienen Antonia zu winken und sie aufzunehmen in die große Gemeinschaft der Klänge. Das Orchester gab seine Zustimmung. Es fiel ein in das große Lied der Sinfonie und Antonia traten Tränen in die Augen.

Ihr Herz war berührt auf eine nie gespürte Weise, es tat sich auf und dehnte sich, atmete die Weite der Gefühle, die offen sich zeigten, und ohne Angst ließ sie sich von den mächtigen Klängen des gewaltigen Sinfonieorchesters erschüttern. Auch der Boden und die Stühle erzitterten hin und wieder, besonders wenn die kräftigen Paukenschläge durch den Saal bebten.

Als das erste Stück aufhörte, fürchtete Antonia, dass alles schon zu Ende wäre, doch Schiller hielt ihr das Programm hin und sie las, dass dies erst der erste Satz der Sinfonie Nr. 7 in A-Dur war. Drei weitere würden noch folgen. Dann käme die Pause. Sie lehnte sich zurück und spürte den Druck von Schillers Arm an ihrer Schulter. So war sie aufgehoben und sicher.

Der zweite Satz begann ebenso zart und weich, die Melodie entfaltete sich, andere Instrumente nahmen sie auf, der Rhythmus verstärkte sich, ein Sog baute sich auf, der sie mitnahm und fortzog in die wortlose Welt der Musik.

Irgendwann gegen Ende der Sinfonie dachte Antonia plötzlich an den Apfelbaum. Sie sah ihn unter sich, seine Äste und Zweige, als wäre sie ein Vogel und würde über ihm schweben. Und dann sah sie sich selbst oben in ihrem Baum sitzen, sie lehnte am Stamm und ließ die Beine vom dicken Ast baumeln, um sie herum Blätter und kleine harte Äpfel. Eins war sie dort, eins mit dem Baum und mit sich, so wie sie hier eins war mit der Musik. Und mit sich. Dankbar nahm sie dieses Bild in sich auf.

Als die Musik endete und nach einer Sekunde des Innehaltens tosender Beifall losbrach, war es Antonia, als würde sie von dort oben herunterstürzen. Sie griff nach den Armlehnen und hielt plötzlich Schillers Hand. Sogleich beugte er sich zu ihr hin.

»Wunderbar, nicht? Hat es dir gefallen?«

Stumm nickte sie, hielt die große warme Hand fest und konnte endlich dieses überwältigende Glücksgefühl spüren, das ihr seit Beginn des Konzertes Flügel verliehen hatte.

Die Treppen schien Antonia hinunterzuschweben. Schiller steuerte den Getränkestand im Foyer an und besorgte für sich und Weiß ein Glas Sekt, Antonia hielt er ein Glas Orangensaft hin. Es schmeckte herrlich. Die Stimmen um sie herum, die vielen Menschen, die wunderbaren Kleider und Anzüge und die schönen Gesichter versetzten sie in eine Hochstimmung, dass sie glaubte unentwegt lachen zu müssen.

Mehrmals begrüßte Schiller Bekannte, sicher Schüler oder deren Eltern, dachte Antonia und schaute auf die Menge, dann stoppte ihr Blick plötzlich und hing fest, ließ sich nicht bewegen, klebte an einem Goldrot oder

Rotgold, schon näherte sich der Haarschopf, verbeugte sich knapp vor Schiller, die Eltern sprachen ein paar Sätze, die grünen Augen jedoch hielten Antonias Blick fest, sahen sie an, sahen sie an, bis sie endlich blinzelten.

»Hallo«, sagte der Junge.

»Ihr kennt euch schon?«, fragte Schiller und legte seine Hand auf die Schulter des Jungen. »Darf ich vorstellen? Milan, mein ältester Meisterschüler – Antonia, meine ganz neue Meisterschülerin.«

Der Junge hob abwehrend die Hände und lachte. Auch Antonia lachte. Meisterschülerin? Das war lustig. Sie hatte ja gerade erst angefangen, und zwar mit langweiligen Fingerübungen. Sie schaute in diese grünen Augen und entdeckte ein Blitzen und eine Tiefe sich auftun. Schnell blickte sie fort.

»Nein«, sagte der Junge mit seiner zarten, heiseren Stimme, »wir sind uns nur unten im Treppenhaus begegnet.«

Die Eltern gaben Antonia die Hand und meinten, dann würden sie wohl bald etwas von ihr zu hören bekommen, beim nächsten Vorspiel. Unsicher sah Antonia zu Schiller hin. Der nickte beruhigend und meinte, das käme alles zu seiner Zeit. Auch der Junge nickte, als würde er das Gleiche sagen wollen, doch er schwieg, fuhr sich kurz über die Haare und folgte dann seinen Eltern, die zu den Treppen hinübergingen.

»Er spielt wunderbar Chopin«, sagte Schiller.

»Chopin?«, wiederholte Antonia wie hypnotisiert.

»Ja, du musst ihn unbedingt einmal hören«, sagte Schiller gut gelaunt, leerte sein Glas mit einem Schwung und führte Antonia und Maurice Weiß ebenfalls zu den Treppen. Der Junge war verschwunden. Antonia stieg die

Stufen hoch und hatte das Gefühl, fortfliegen zu müssen. Wie konnte das Leben so leicht und einfach sein!

Milan. Großer Vogel Milan. Sie selbst war ein großer Vogel und das Leben flog mit ihr davon, ohne anzuhalten. Wo er wohl saß?

Gerade wollte sie ihren Blick auf die Reise schicken durch den großen Saal, die Balkone empor, an den Seitenrängen entlang, die Logen nicht auslassend, über das Podium, doch da entdeckte sie den schwarzen, glänzenden Flügel, der dort oben stand.

Still war es um ihn herum. Die Notenpulte und Stühle des Orchesters waren nach hinten gerückt, der Flügel hatte einen Ehrenplatz bekommen, gleich neben dem Dirigentenpult. Die Sitzbank stand davor, als hätte sich gerade eben der Pianist davon erhoben. Das Notenbrett war nicht zu sehen, der Deckel des Flügels stand weit geöffnet, bereit fortzufliegen, in seiner glänzenden Innenseite spiegelten sich die Saiten darunter.

»Ein Steinway«, flüsterte Maurice Weiß.

Schiller nickte. Antonia dachte an den Alten inmitten seiner stummen Herde der Klaviere und Flügel. Auch er hatte Steinways unter ihnen. Gleich am Montag würde sie zu ihm gehen und von ihrem Konzertbesuch erzählen. Vielleicht durfte sie auf einem der Steinways spielen?

Der Saal füllte sich, die Türen wurden geschlossen, die Stimmen senkten sich und wieder begann das Schauspiel des Aufzuges der Instrumente. Erst die Geigen und Bratschen, die Holz- und Blechbläser, dann die Celli und Bässe, zum Schluss der Mann an der Pauke. Dann der Dirigent. Lächelnd stand er neben seinem Podest und hielt mit ausgestrecktem Arm die Künstlertür. Und schon kam er herein mit raschen Schritten, Pavel Honigmann, die Schöße seines Frackes wehten hinter ihm her, er stellte sich neben den Dirigenten, der ihn väterlich umfasste, gemeinsam verbeugten sie sich, doch sofort stoben sie auseinander, jeder an seinen Platz, der Pianist setzte sich auf die Sitzbank, drehte ein wenig an den Seitenknöpfen, ruckte vor und wieder zurück, schüttelte die Ärmel und legte die Hände auf die Tasten.

Antonia hielt den Atem an. Sie spürte, wie Schiller und Maurice Weiß sich kurz ansahen und nickten, er war es, Pavel, der ehemalige Schüler, dann schauten sie ernst nach vorn. Gebannte Stille senkte sich herab.

Der Dirigent drehte sich seitlich zum Pianisten hin und sah ihn an. Antonia beobachtete, wie dessen Lippen zitterten beim zustimmenden Lächeln, auch seine Finger schienen zu vibrieren, jetzt legte er sie auf die Tasten, als würde er in eine Schüssel voller Teig fassen, straffte den Rücken. Dann nickte er.

Nun erscholl der erste Akkord hinter ihm. Sogleich fiel der Pianist mit ein, kraftvoll warf er sich gegen die Tastatur, sein Rücken bebte, der Kopf wippte im Nachdruck, die Akkorde rauschten in die Tiefe und nun begann die feine, zarte Melodie sich zu entfalten, Antonia kannte sie nur zu gut, es war das Stück aus dem Auto, ganz sicher, das Orchester fiel ein, beruhigte sich und die Melodie fuhr fort, trug sich von einer Harmonie zur nächsten, Antonia kannte jeden Ton, sie hielt den Atem an, ein Zwiegespräch begann mit dem Orchester, ab und an sah der Pianist hoch zum Dirigenten, dann wieder versenkte er sich ganz in die Tasten oder in seine Gedanken, bisweilen fielen die Augen ihm zu, als könnte er nun einschlafen.

Erstarrt wusste Antonia jeden Ton im Voraus.

Es war wie im Traum. Längst waren die ersten Takte verklungen, die damals aus dem Auto erschollen, und die Musik fand ihren Fortgang in ihrem Kopf, in ihren Ohren, nein, in ihrem ganzen Körper, und nichts konnte sie dagegen tun. Laut hätte sie mitsingen können und ihre Gefühle stürzten von einem Hochgefühl ins nächste wie in eine immer noch verheerendere Katastrophe.

Verstört und gebannt sank sie in den Sessel und verlor sich in den Tönen, keine Überraschung gab es, treffsicher fand ihr Gehör jeden Ton und bestätigte ihn. Sie hörte und wusste und wusste und hörte und es erfüllte sie so vollkommen, dass sie alles um sich herum vergaß.

Die kurze Pause zwischen dem ersten und zweiten Satz nutzte sie zum Atemschöpfen, ihr Blick fiel auf den jungen Pianisten, sie hatte ihn bislang kaum wahrgenommen, sein jugendliches Profil erstaunte sie, seine kraftvollen Finger bewunderte sie, der Anschlag war vollkommen, das sah sie nun, als der langsame zweite Satz begann, jeder Ton hatte seine eigene Klangfarbe, seinen eigenen Körper, nichts war dem Zufall überlassen.

Einmal beugte sich Schiller kurz zu ihr hin, doch er sagte nichts und nickte ihr nur zustimmend zu. Verwirrt sank Antonia in die Musik, das zarte Wechselspiel zwischen Klavier und Orchester begann und sie war mittendrin, verstört und beglückt, sie wusste alles, sie hörte und sah alles, fast hatten die Töne einen Körper, der sich vor ihren Augen bewegte, sie selbst jedoch schien über dem Klavier zu schweben und seine Töne entgegenzunehmen.

Unmittelbar ging der langsame Satz in den dritten über und wie in einem Rausch stürzte die Musik ihrem

Ende entgegen. Die letzten Akkorde erklangen, der Paukenwirbel ließ keinen Zweifel zu, da hob der Pianist bereits seine Hände von den Tasten im letzten Abschied und sogleich donnerte der Applaus hernieder.

Antonia regte sich nicht.

Keine Muskelfaser konnte sie rühren. Gelähmt saß sie in ihrem Sessel und hörte und sah nichts.

Erst als Schiller ihr über die Haare strich und sanft ausrief: »Du weinst ja!«, und ihre Wangen mit seinem warmen weichen Handrücken abwischte, erst da kam sie zu sich und flüsterte: »Ich kenne jeden einzelnen Ton, aber ich weiß nicht, woher.«

21

Als Antonia viel später in ihrem Bett lag, spulten die Ereignisse des Abends in ihrem Kopf ab wie ein Film. Immer wieder sah sie den Pianisten auf die Bühne eilen, immer wieder erklangen die ersten Akkorde, denen die Melodie folgte, und immer wieder sah sie diese grünen Augen vor sich und ihr schien, als würden sie mit jedem weiteren Mal ihr deutlicher zulächeln.

Dann dachte sie an den jungen Pianisten, der nach dem Konzert mit einem riesigen Blumenstrauß beschenkt wurde. Sogar eine kleine Zugabe spielte er, Schiller war ganz aufgeregt geworden und hatte mit Weiß geflüstert. Danach waren sie in die Künstlergarderobe gegangen, Antonia hatte ein Autogramm erhalten, Pavel Honigmann hatte seinen alten Lehrer umarmt, Glückwünsche, Gespräche von früher und heute, Antonia war fast schwindlig geworden von diesen vielen neuen Eindrücken. Endlich waren die wichtigsten Dinge gesagt, herzliche Abschiedsumarmungen folgten, scheu gab Antonia ihm die Hand und dachte plötzlich an Robert, Onkel Robert, war dies hier sein Traum gewesen? Dann gingen sie durch die Tür, davor stand eine Traube von Wartenden, alle mit Stift und Papier ausgerüstet. Unter ihnen entdeckte sie den rotblonden Haarschopf, seine grünen Augen fanden sie sofort und starrten zu ihr hin.

»Hey«, sagte er, als Antonia an ihm vorbeiging, »es war toll, nicht?«

Sie konnte nur stumm nicken. Fast war sie an ihm vorüber, als er leise sagte: »Bis Mittwoch dann.«

»Bis Mittwoch«, murmelte sie und schaute noch einmal in diese Augen.

Dann war sie weitergegangen, Schiller und Weiß hinter sich, hinunter zur Garderobe, schon saß sie im Auto, das bereits am Anfang ihrer Straße hielt.

Die Eltern hatten auf sie gewartet, natürlich. Es war spät geworden, fast elf Uhr, die Mutter hatte sie vorwurfsvoll angesehen, der Vater murmelte, ein Anruf wäre nicht schlecht gewesen. Es war, als müsste ein wilder freier Vogel in seinen engen Käfig zurück. Jetzt umhüllte sie die Dunkelheit und die Klänge des Konzertes ebbten ab. Zugleich kam die Verwirrung zurück. Wie konnte es sein, dass sie jeden einzelnen Ton kannte?

Wenigstens hatte sie jetzt die Gewissheit, welches Musikstück sie damals auf der Straße im Schnee gehört hatte. Sie brauchte nicht länger zu suchen. Es war das Klavierkonzert von Robert Schumann.

Ob die Antworten zu ihren Fragen im Keller lagen? Sie sollte doch noch einmal hingehen und alles durchsuchen. Warum nur hatte sie neulich das Gefühl, niemals mehr den Keller betreten zu können?

Bei dem Gedanken an den herrlichen Konzertflügel fiel ihr mit schmerzlichem Verlust ihr Klavier ein. Es war hässlich gegen dieses prachtvolle Instrument. Es war verstimmt und alt. Aber es war ihres. Sie sollte es besuchen, gleich morgen, und dann würde alles gut.

Mit diesen Gedanken fiel Antonia endlich in einen tiefen, traumlosen Schlaf. Als sie am nächsten Morgen erwachte, fühlte sie sich frisch und zugleich voller Sehnsucht. Wonach? Ihr war, als müsste ihr die Brust zerspringen.

Beim Frühstück wollten die Eltern wissen, wie denn

die Party gewesen war. Ob Julia auch so lange bleiben durfte?

»Wir sind doch zusammen nach Hause gegangen«, sagte Antonia matt und versuchte sich ein paar Lügen auszudenken. Doch ihr Kopf war leer, vollkommen leer.

»Was gab es denn zu essen?«, fragte Tim und steckte einen Finger in das Nutellaglas.

Der Vater sah sie aufmerksam an. Dann blickte er zur Mutter.

»Was?«, fragte Antonia genervt. Sie hatte diese ewigen wortlosen Andeutungen satt. »Ist was? Sag's ruhig.«

»Waren auch Jungs da?«, fragte stattdessen Tim. Antonia war sich sicher, dass ihr Vater das Gleiche gedacht hatte.

»Klar«, erwiderte sie kühl, »jede Menge. Wir haben getanzt und Musik gehört und jede Menge Popcorn gefressen.«

»Toni!«, sagte die Mutter streng.

»So ist das nun mal, wenn die Tochter kein Baby mehr ist«, rief Antonia plötzlich aufgebracht. Sie knallte ihre Tasse auf den Tisch und lief in ihr Zimmer. Dort warf sie sich auf das Bett.

Gestern Abend diese große, freie, spannende Welt und heute wieder das kleine, enge Zuhause, sie konnte es nicht ertragen. Wohin nur konnte sie gehen? Wieder hörte sie die Akkorde, dann die Melodie, die überging in die Arpeggien, das leise Zwiegespräch zwischen Klavier und Orchester schien sie, Antonia, auszusperren, nein, sie wollte es nicht hören, jetzt nicht! Sie wollte – ja, was wollte sie eigentlich?

Sie hörte das Telefon klingeln, schrill und lange, warum ging denn keiner ran? Endlich hörte es auf und dann folgte ein Durcheinander von Worten und Schritten und Türenklappen. Die Mutter riss Antonias Tür auf. Ihre Stimme klang wie die von einem aufgescheuchten Tier.

»Großmutter ist im Krankenhaus. Wir fahren sofort hin. Du bleibst mit Tim hier und rührst dich nicht von der Stelle!«

Die Haustür fiel zu. Auf der Straße war das Auto zu hören, Türen schlugen, der Motor heulte auf. Tim stand am Fenster und hielt die Gardine zur Seite.

»Ich will mit!«, rief er. »Wartet auf mich!«

Langsam trat Antonia zu ihm.

»Das geht jetzt nicht. Los, komm her, wir spielen Monopoly.«

Sofort sprang Tim an den großen Tisch und ordnete die vielen Geldscheine. Antonia jedoch sah die blassen Hände der Großmutter vor sich, wie sie still und reglos in ihrem Schoß gelegen hatten. War die Großmutter ernsthaft krank? Musste sie sterben?

Fassungslos strich sie über die Spielkarten, als könnte sie so der Großmutter nah sein. »Oma«, flüsterte sie, »Oma, ich hab doch noch so viele Fragen an dich.«

»Frag mich«, sagte Tim und sah sie ernsthaft an. »Ich bin schon groß, ich weiß auch viel.«

»Ach, du Dummer«, lächelte Antonia und strich ihrem Bruder übers Haar. Er konnte ja so süß sein. »Ich möchte wissen, wer heute gewinnt«, sagte sie dann und verteilte das Startgeld. »Ich hab so ein Gefühl, dass ich das bin.«

»Nein«, protestierte Tim, griff nach den Würfeln und warf einen Sechserpasch. »Ich gewinne, siehst du?«

Antonia jedoch war in Gedanken weit fort. Sie sah ihren Apfelbaum im Garten, das Klavier stand nun darunter und jemand schwang sich über das Klavier in die Zweige bis nach oben in die Baumkrone und winkte einem riesigen Vogel, der seinen Schatten über die Blätter warf.

22

Die Großmutter war sehr krank.

»Das Herz«, sagte Tante Silke, die am Abend mit Onkel Harry herüberkam, »es war schon immer das Herz bei ihr.«

Onkel Harry neckte Tim auf seinem Schoß und meinte, dass es nicht so schlimm sei, die Familie hätte schon immer einen Hang zum Dramatisieren gehabt.

Die Mutter sah ihn böse an. Sie schwieg jedoch und brachte Gläser und Getränke ins Wohnzimmer. Der Vater sprang auf und schenkte ein, Saft für die Kinder, Bier für die Männer, die Frauen tranken Sherry. Vanessa wollte Monopoly spielen. Noch immer stand das Spiel aufgebaut auf dem Tisch, bereitwillig ergriff Tim die Geldscheine, Antonia trug das Spiel vom Tisch auf den Teppich und setzte sich wieder zu den Erwachsenen.

Nur Onkel Paul fehlte, und Tante Iris.

»Hast du ihn angerufen?«, fragte Silke und sah die Mutter an.

Die Mutter nickte. »Er will nicht herkommen. Ist mir auch recht«, fügte sie hinzu und Silke nickte.

Antonia sah in die Runde. Sie saßen zusammen genau wie an Silvester, dachte sie, oder fast genau. Doch seitdem hatte sich viel verändert, zumindest für sie. Und nun war die Großmutter im Krankenhaus.

»Frau Köttge braucht erst mal nicht zu kommen«, sagte Tante Silke, doch die Mutter meinte, da sie ein monatliches Einkommen bezog, könnte sie ruhig regelmäßig putzen und Blumen gießen.

Antonia versuchte unauffällig Onkel Harry und die

Mutter zu beobachten, doch ihr fiel nichts auf. Kein langer Blick, keine Berührung. Einmal lachte die Mutter ihn an, doch er hatte einen Witz gemacht und alle lachten. Plötzlich wurde die Stimmung lockerer, man sprach von früher, dann von Onkel Harrys Eltern, die ihm nicht erlaubt hatten Arzt zu werden.

In eigene Gedanken versunken horchte Antonia auf und ohne weitere Überlegung sagte sie plötzlich: »War das mit Onkel Robert auch so? Durfte er nicht Pianist werden?«

Mit einem Schlag war es still. Niemand schien auch nur zu atmen.

Erschrocken sah Antonia in die Runde. Was hatte sie nur angestellt? Wie konnte sie diesen Namen aussprechen und noch dazu von dem Klavier reden?

Niemand sprach und, schlimmer noch, niemand sah den anderen an. Jeder schaute vor sich hin auf den Teppich, den Tisch, die Gläser, bis Onkel Harry endlich rief: »Geschummelt! Du bist gar nicht auf der Wiener Straße!«

Tim protestierte, er schien die Anspannung zu spüren, wurde albern und warf die Würfel Onkel Harry ins Gesicht.

»Du kleines Scheusal«, drohte Onkel Harry lachend. Niemand lachte mit.

»Wir sollten mal so langsam aufbrechen«, sagte Tante Silke dann und erhob sich.

Auch die Mutter stand auf. Es war, als hätte Antonia niemals ein Wort gesagt. Es war unfassbar. Wie konnten alle so ignorieren, was sie sagte? Eine unglaubliche Wut stieg in Antonia hoch. Sie sah von einem zum anderen und konnte es nicht glauben.

»Was ist so schlimm an meiner Frage?«, rief sie plötzlich. »Kann mir bitte mal jemand antworten? Oder bin ich gar nicht mehr da – existiere ich vielleicht gar nicht? Dann sagt es mir, damit ich Bescheid weiß!«

Onkel Harry kam herüber und legte den Arm um sie. Doch sie schüttelte ihn ab. »Sprich mit mir!«, keuchte sie und starrte ihm in die Augen.

Er hob die Schultern. »Es ist nicht so, wie du denkst«, murmelte er. »Komm, beruhige dich doch.«

»Wie ist es denn?«

»Lass uns später darüber reden, jetzt geht es um die Großmutter, in Ordnung?«, sagte er und legte wieder beruhigend den Arm um sie.

Es geht auch um mich!, schrie es in ihrem Innern. Doch sie schwieg, presste die Lippen aufeinander und sah hilflos zur Mutter hin.

Die jedoch zog nur die Augenbrauen in die Höhe, als wollte sie sagen, du spielst dich aber ganz schön auf, dann ging sie zu Tim und Vanessa und versuchte das Spiel zu beenden. Laute Proteste waren zu hören.

Ich werde sie morgen besuchen, dachte Antonia. Und dann geh ich zu meinem Klavier.

Doch der Großmutter ging es am nächsten Morgen nicht gut genug für einen Besuch. Jedenfalls nicht für einen Besuch von Kindern.

»Ich bin kein Kind mehr«, sagte Antonia wütend.

»Natürlich nicht«, beruhigte der Vater sie, »aber die Ärzte wollen keine Kinder und keine Jugendlichen zu ihr lassen. Nur ihre engsten Verwandten.«

»Das bin ich doch!«

»Sie meinen nur die Kinder von Oma, Herrgott noch mal, versteh doch! Mama und mich, Tante Silke und Onkel Harry. Onkel Paul. Bald wirst auch du zu ihr dürfen, bestimmt.«

Antonia schaute weg vom Vater und ging in ihr Zimmer, um den Rucksack zu holen, da klingelte es. Jemand öffnete und schon stand Julia im Flur, Antonia hörte sofort ihre Stimme. Schnell griff sie ihre Sachen und rannte in den Flur.

»Ganz nett«, sagte Julia gerade.

»Erlauben deine Eltern denn, dass du so spät kommst?«, fragte die Mutter.

Julia warf Antonia einen langen Blick zu. Bitte!, flehten Antonias Augen. Julia wandte sich wieder der Mutter zu.

»Klar«, sagte sie. »Wer geht denn schon um zehn nach Hause. Wir sind ja schließlich keine Babys mehr!«

»Los, wir sind spät dran«, drängelte Antonia und zwängte sich an der Mutter vorbei.

»Danke«, ächzte sie, als sie auf den Rädern saßen.

Julia grinste. »Kein Problem«, sagte sie. »Erzähl mal, wie war's? Und was war überhaupt?«

Antonia schwieg. Daran hatte sie nicht gedacht. Nicht nur den Eltern musste sie eine Geschichte auftischen, auch Julia hatte sich ein Recht erworben, Lügen zu hören. So weit bin ich schon, dachte Antonia bitter, niemandem mehr kann ich die Wahrheit sagen. Was ist nur los mit mir und meinem Leben?

Dann begann sie zu erzählen, dass sie zu einem Geburtstag eingeladen gewesen sei bei einem Jungen, den sie über jemand anders kannte.

»Über wen denn?«, fragte Julia neugierig.

Antonias Gedanken rasten. »Bei einem Familienfest, es ist der Enkel der Haushälterin meiner Oma, weißt du, und seine Schwester hat …«

»Er oder seine Schwester? Was erzählst du da eigentlich?« Julia klang ärgerlich. »Du hast Geheimnisse vor mir. Ich weiß es seit langem. Bin ich nicht mehr deine Freundin? Kannst du mir nicht vertrauen? Irgendwie verletzt mich das, weißt du.«

Sprachlos hielt Antonia inne. Es stimmte, was Julia sagte. Sie war nicht mehr ihre Freundin. Sie konnte ihr ihre Geheimnisse nicht anvertrauen.

»Aber«, setzte Antonia an, dann verstummte sie.

»Du hast Ärger mit deinen Eltern, stimmt's? Sie wollen nicht, dass du mit jemandem gehst, oder?«, schlug Julia vor. Ihre Stimme klang vorsichtig, freundlich. »Warum redest du nicht mit mir? Reden hilft, glaub mir!«

Antonia ächzte vor lauter Verlegenheit. Was konnte sie tun, damit sie Julias Freundschaft nicht ganz verlor?

»Meine Oma ist gestern ins Krankenhaus gekommen. Vielleicht stirbt sie«, hörte sie sich mit fremder Stimme sagen.

»Oh«, sagte Julia nur. »Tut mir Leid.«

Antonia wartete eine Weile, bis sie weitersprach. »Ich weiß nicht, was los ist mit mir. Ich hab keine Ahnung, warum ich so bin. Ich hab das Gefühl, zu Hause werde ich behandelt wie ein Kind, in der Schule bin ich ein Niemand, meine Großmutter ist sterbenskrank und dieser Junge …«

Julia sah zu ihr rüber.

»Ja?«, fragte sie schließlich aufmunternd. Doch Antonia fiel nichts mehr ein.

»Ich weiß auch nicht«, sagte sie hilflos.

»Grüne Augen, ja?«, insistierte Julia. »Wie heißt er denn?«

»Milan.«

Plötzlich war es geschehen. Ohne Nachdenken hatte Antonia diesen Namen offenbart, den Namen, den sie am wenigsten hatte preisgeben wollen von allem, was sie sonst noch geheim hielt. Schockiert hielt sie die Luft an. Ob Julia jetzt alles rumerzählte und die anderen Mädchen sie damit riefen und ärgerten?

»Wie ungewöhnlich«, sagte Julia. Auf einmal klang ihre Stimme überhaupt nicht mehr vorsichtig. »Und wie weit seid ihr gegangen?«

Plötzlich hatte Antonia genug.

»Hör auf und lass mich in Ruh!«, rief sie gequält. »Und erzähl das nicht überall rum, sonst ist es wirklich aus mit uns!«

»Wie kommst du denn darauf«, rief Julia gedehnt zurück und trat in die Pedale. Den Rest des Schulweges fuhren sie schweigend hintereinander, doch der Radweg war ohnehin zu eng, um zusammen zu fahren.

Kaum hatte Antonia ihr Fahrrad angeschlossen, als ihr vom Parkplatz her Maurice Weiß entgegenkam. Das nicht auch noch!, dachte Antonia und fürchtete sich vor der Begegnung. Julia trödelte offenbar extra langsam mit dem Schloss herum, sie wollte wohl nichts verpassen. Doch Weiß nickte den beiden nur freundlich zu und ging, ohne ein Wort zu sagen, weiter.

Danke!, dachte Antonia und spürte, wie ihr die Hitze in den Kopf schoss.

»Ist der süß«, stöhnte Julia geziert und stieß Antonia an. »Aber grüne Augen hat er nicht, oder?«

Nach der Schule fuhr Antonia allein nach Hause. Doch kaum sah sie ihre Straße, das Haus, die Haustür, kam ihr alles sinnlos vor. Irgendwie konnte sie nicht nach Hause gehen. Doch wohin sonst? Warum ist nicht Mittwochmittag und ich kann zu Schiller gehen, dachte Antonia. Doch es war erst Montag, noch zwei lange Tage.

Schließlich schwang sie sich wieder auf das Fahrrad und fuhr in die Innenstadt. Klavier-Breuer. Das war der Ort, wo sie es heute am ehesten aushielt.

Der Alte war überrascht. So früh war Antonia noch nie hier gewesen. »Hast du schon etwas gegessen?«, fragte er.

»Nö«, sagte Antonia und starrte auf den großen Steinwayflügel, »aber ich hab gar keinen Hunger. Darf ich mal auf dem da spielen?«

Der Alte folgte ihrem Blick.

»Auf dem Steinway dort? Nur zu. Du siehst, er ist besonders lang. Das ist ein Konzertflügel, nichts für ein normales Wohnzimmer. Gerade vorgestern war er unterwegs. Nur zu, spiel ihn mal.«

»Unterwegs?«, fragte Antonia. »Heißt das, er war in der Konzerthalle? Am Samstag? Als Pavel Honigmann spielte?«

»Ich sehe, du kennst dich aus. Warst du etwa auch da?«

Antonia nickte stolz. »Ich war mit meinem neuen Klavierlehrer da. Er hat früher Pavel Honigmann unterrichtet. Und dies ist der Flügel, auf dem er gespielt hat?«

Ehrfürchtig strich sie mit den Fingerspitzen über die Tasten.

Der Alte trat näher.

»Ja, das ist er. Und er klang wundervoll, nicht wahr? Aber Pavel hat auch wundervoll gespielt. Ich liebe dieses Konzert. Hat es dir gefallen?«

»Oh«, machte Antonia und wollte etwas Unverfängliches antworten. Doch ihr versagte die Stimme. Sie hörte die Anfangsakkorde und fast schien es, als läge Schnee auf dem Flügel, so sehr waren diese beiden Wahrnehmungen miteinander verbunden. Dann riss die Melodie abrupt ab.

»Aber?«, fragte der Alte vorsichtig.

»Aber«, begann Antonia und hatte das Gefühl, gleich ersticken zu müssen, »aber …«

Der Alte trat noch einen Schritt näher und legte nun seine Hand auf ihren Arm.

»Was ist geschehen?«, murmelte er.

»Ich – ich habe jeden Ton gekannt!«, brach es aus ihr heraus. »Jeden Ton hab ich im Voraus gehört und ich dachte, gleich werde ich verrückt!«

Nun war es gesagt. Erschöpft hockte Antonia sich auf die Sitzbank vor dem Steinway. Tränen schossen ihr in die Augen und ließen die schwarzen und weißen Tasten ineinander verschwimmen.

»Hehe«, sagte der Alte. Er hockte sich neben sie und umfasste ihre Schultern sanft, aber bestimmt. »Das ist in der Tat eine zutiefst verwirrende Erfahrung. Aber es gibt eine vernünftige Erklärung.«

Antonia hob den Kopf und schaute über die stumme Herde der Klaviere hin.

»Tatsächlich?«, fragte sie.

»Ja, tatsächlich«, sagte der Alte und lächelte vergnügt. »Kommst du nicht drauf? Es bedeutet doch nur, dass du dieses Stück schon mal gehört hast. Und zwar nicht nur einmal. Du wirst es so oft gehört haben, bis du jeden Ton kanntest. Na? Was sagst du jetzt?«

»Unmöglich. Wir hören keine Musik zu Hause.«

»In der Schule? Im Kindergarten? Fernsehen?«, schlug der Alte vor. Doch Antonia schüttelte den Kopf. Auf einmal jedoch stieg eine Gewissheit heiß in ihr auf.

»Nein«, sagte sie langsam und brauchte ewig, um den Gedanken in Worten zu formulieren, »aber ich hatte einen Onkel, der Klavier spielte. Vielleicht hat er es gespielt? Er starb, als ich zwei war.«

Doch dann fiel ihr ein, dass das unmöglich war. Sie kannte ja auch jeden Ton des Orchesters, das konnte Onkel Robert ihr ja wohl kaum vorgespielt haben. Nein, das war es nicht.

»Möglich«, sagte der Alte ernst und sah Antonia an. »Vielleicht war es eine Schallplatte?«

Eine Schallplatte? Gab es bei der Großmutter denn so etwas? Nein, keine Schallplatten, kein Plattenspieler, kein CD-Player.

»Keine Ahnung«, sagte sie kläglich.

»Wenn du das Klavierkonzert so gut kennst, musst du es irgendwo komplett gehört haben. Entweder von einer Platte oder im Radio, und zwar andauernd, oder er hat dich hundert Mal ins Konzert geschleppt. Das aber ist kaum zu glauben, da du ja erst zwei Jahre jung warst. Spielte er denn gut?«

»Ich weiß nichts über ihn«, murmelte Antonia. »Ich hab ja gerade erst herausgefunden, dass er es war, dem das Klavier im Keller gehörte.«

Unmerklich nickte der Alte.

»Im Keller. Soso«, sagte er zu sich selbst. Aufmunternd klopfte er Antonia auf den Rücken. »Finde es raus!«, rief er und erhob sich. »Frag alle, die etwas wissen. Es lebt sich nicht gut mit Gespenstern, weißt du!«

23

Frage alle, die etwas wissen!

Alles war leichter als das, dachte Antonia, als sie zu Hause ankam und einen Zettel der Mutter vorfand. Sie sei ins Krankenhaus gefahren, stand da, der Großmutter ginge es gleich bleibend, kein Grund zur Sorge, Antonia solle Tim um halb fünf aus dem Kindergarten abholen, bitte.

Als am Abend alle zusammen am Tisch saßen, fragte Antonia, ob sie denn nun am nächsten Tag zur Großmutter ins Krankenhaus fahren könnte. Doch die Eltern waren abwehrend.

»Es geht ihr nicht gut«, meinte der Vater, »warte lieber noch ein, zwei Tage.«

»Und wenn ich nicht warten will?«, sagte Antonia. Plötzlich spürte sie wieder diese Wut in sich.

»Es geht nicht darum, was du willst«, erwiderte die Mutter.

Natürlich nicht. Niemals ging es darum, was sie wollte. Nur war dies hier zufälligerweise ihr Leben, ihr verdammtes kleines Leben!

»Wann geht es denn mal darum, was ich will?«, rief Antonia.

Tim schaute erschrocken hoch. »Willst du Monopoly spielen?«, fragte er besorgt.

»Nein!«, schrie Antonia. »Ich will ...« Kurz stockten ihre Gedanken, als gäbe es bereits in ihrem Kopf eine Schranke, hinter der nichts herausdurfte. »Ich will wissen, ob Onkel Robert Klavier gespielt hat!«

Langsam lenkte die Mutter ihren Blick zu ihr herüber.

Antonia fror unter diesem Blick. Wie von sehr weit fort schauten die Augen der Mutter sie an, dunkel vor Kummer und stechend vor Unnachgiebigkeit. Antonia senkte den Kopf und schaute auf ihren Teller. Doch der Blick der Mutter brannte weiterhin auf ihrem Scheitel.

»Es ist so weit«, murmelte die Mutter und erhob sich. Der Vater nickte nur, kurz blieb er am Tisch und tat, als wollte er noch ein Wurstbrot essen, doch dann ließ er alles unberührt auf dem Teller liegen.

»Krieg ich keine Antwort?«, schrie Antonia hinter ihrer Mutter her. »Sag du doch auch mal was, Papa!«, schluchzte sie. »Man wird hier noch ganz verrückt in dieser Familie. Was ist denn so schlimm daran, dass Robert Klavier gespielt hat? Warum darf ich das nicht wissen? Kann mir mal jemand antworten?«

Lautlos rutschte Tim unter den Tisch und kroch an Antonias Beinen vorbei zur Tür. Der Vater hob die Hände und ließ sie wieder fallen.

»Nichts ist schlimm daran. Aber was ist daran so wichtig? Das versteh ich nicht!«

»Wichtig ist, dass ihr darüber nicht sprecht! Warum redet nie jemand von Robert? Das ist wichtig, verstehst du?«

Antonia hatte die Worte nur so aus sich herausgeschleudert. Jetzt hielt sie inne und sah den Vater an.

»Vielleicht«, murmelte der Vater und ging hinaus.

Plötzlich wusste Antonia selbst nicht mehr, was eigentlich wichtig war. War es wichtig, dass Robert Klavier gespielt hatte? Was bedeutete es, dass im Keller das Klavier versteckt stand? Nicht wichtig. Egal. Auch Antonia war nicht wichtig, genauso wie ihre kleinen Wünsche und Hoffnungen. Hauptsache, es gab keinen Aufruhr. Hauptsache, alle konnten so weitermachen wie bisher.

Plötzlich wünschte Antonia, ein Böller möge im Haus explodieren, so wie an Silvester bei der Großmutter. Doch alles blieb ruhig.

Erschöpft stand Antonia auf und ging in ihr Zimmer. Ohne sich auszuziehen, legte sie sich unter die Bettdecke und vergrub den Kopf unter dem Kissen. Es spielte keine Rolle, dass unter der Matratze die Reste eines mit viel Mühe gebastelten Pappklaviers lagen. Auch das Foto in dem Rucksack, das lachende kleine Kind, das sie einmal gewesen war, und Onkel Robert – alles egal.

Es ist so weit, jawohl, dachte Antonia und fragte sich nicht, was die Eltern wohl damit gemeint hatten. Sie rollte sich fest in die Decke ein. Es ist so weit.

Als Julia am nächsten Morgen nicht erschien, um sie abzuholen, war Antonia erleichtert. Wenigstens hatte sie nun auf dem Schulweg ihre Ruhe. Vielleicht war Julia krank. Hoffentlich war sie krank und erzählte nichts von dem weiter, was Antonia verraten hatte.

Milan. Sie dachte an diesen Namen, der ihr vorkam wie aus einer anderen Zeit. Aus der Zukunft bestimmt, dachte sie, und ich befinde mich immer noch im finsteren Mittelalter.

Doch sowie Antonia die Schule betrat, war klar, warum Julia sie nicht abgeholt hatte. Sie saß mit einem Jungen auf der Bank neben der Bibliothek und knutschte.

Schnell sah Antonia weg. Sie schlich an den beiden vorbei und versuchte später im Unterricht so normal wie möglich zu sein. Keine Fragen stellen. Keine Andeutungen machen, dann ließ sie sie vielleicht in Ruhe. Kaum jedoch war die Pause angebrochen, ging es los.

»He, Toni, komm doch mal rüber«, rief Julia, als Antonia sich unauffällig in den hinteren Teil verziehen wollte. »Ja, komm doch mal!«, riefen auch die anderen zwei Mädchen, mit denen Julia oft herumstand.

»Wozu?«, fragte Antonia und sah kurz hin.

»Komm doch mal«, sagte Julia und der absichtlich harmlose Ton in ihrer Stimme machte Antonia hellhörig. Wenn sie nicht kam, würde es noch schlimmer werden, da war sie sich sicher. Also ging sie mit schlendernden Schritten zu der Gruppe.

»Kennst du schon Mike da hinten?«, fragte Julia. »Echt süßer Junge. Küsst am besten von allen, oder?«

Die anderen Mädchen kicherten.

»Nun sieh ihn dir bloß an, dieser knackige Hintern«, schwärmte Julia. »Du guckst ja gar nicht hin, Toni!«

»Was willst du?«, fragte Antonia kühl.

»Küsst dein Milan auch so gut?«, fragte jetzt eine andere.

Also doch. Das war es, wovor Antonia sich gefürchtet hatte. Es war so weit, auch hier.

»Klar«, sagte sie mit unbewegter Miene und überlegte krampfhaft, wie sie hier wegkam. Einfach gehen, das war die Niederlage.

»Ah«, sagte die Dritte, »grüne Augen, hab ich gehört. Sag mal, sind grüne Augen nicht Mädchenaugen?«

Antonia spürte, wie ihr übel wurde. Und heiß. Mit letzter Anstrengung dachte sie über eine Antwort nach.

»Pah«, machte sie hilflos, »da sieht man mal, wie wenig Ahnung ihr habt.«

Drehte sich um. Schlenderte über den Hof. Hörte das Gegacker der drei. Julia, ihre Freundin Julia, der sie einmal vertraut hatte, Julia lachte am lautesten.

Es war so weit. Das war der einzige Gedanke, den Antonia noch hatte.

Im Gebäude war es still. Sie rannte die Treppen hoch, holte den Rucksack aus der Klasse und lief zur anderen Tür hinaus zu den Fahrrädern. Die Sonne schien, das merkte sie jetzt. Der laue Wind versprach einen warmen Tag, endlich. Antonia radelte in die Sonne hinein. Erst als sie an eine Kreuzung kam und die Ampel Rot zeigte, hielt sie an und dachte nach. Wohin fuhr sie überhaupt?

Dann wendete sie sich nach Süden und fuhr in den Außenbezirk der Stadt. Ohne genau zu wissen, welche Straßen sie nehmen musste, fuhr sie einfach drauflos. Irgendwann sah sie große Hinweisschilder: Städtisches Krankenhaus.

An der Rezeption ließ sie sich Zimmernummer und Station sagen. Im Aufzug fuhr ein alter Mann im Rollstuhl mit. Er hatte keine Beine mehr. Leer hing sein Bademantel über den Stuhl. Entsetzt sah Antonia weg und auf die Anzeigetafel. Dritter Stock. Vierter Stock. Fünfter Stock. Beschwörungen.

Die breiten Flure waren in heller gelber Farbe angestrichen. Ob Gelb froh machte? Vielleicht konnte man mit so viel Gelb leichter auf seine Beine verzichten?

»Na, junge Dame, wohin denn so früh am Morgen?«, sagte eine kräftige Stimme.

Eine Krankenschwester trat aus dem Glaszimmer heraus und sah Antonia interessiert an. »Aha, zur Großmutter. Na, die wird sich ja freuen. Hast du denn gar keine Schule heute?«

Verlegen murmelte Antonia etwas von Ausfall und Krankheit und stolperte hinter der Schwester her. Die klopfte kurz und energisch an eine breite Tür, öffnete sie sogleich und ließ Antonia eintreten.

Drei Betten standen links an der Wand, in allen dreien lagen graue Köpfe. Verwirrt sah Antonia auf die Kissen.

»Hinten am Fenster, junge Dame. Frau Ackermann, hier ist Besuch für Sie!«

Verlegen ging Antonia an den zwei Betten vorbei. Die Großmutter lag in die Kissen gesunken und reckte überrascht den Kopf. Irgendwie sah sie so klein aus, fand Antonia. Klein und schutzbedürftig.

»Hallo«, sagte sie matt und reichte der Großmutter die Hand.

»Toni! Meine liebe Toni! Das ist aber eine schöne Überraschung!«, rief die Großmutter und nahm gleich Antonias ganzen Arm, drückte ihn und zog sie zu sich in die Kissen. »Komm, lass dich umarmen. Wie bist du denn hierher gekommen?«

»Mit dem Rad«, sagte Antonia und strich der Großmutter zart über die Hände. Trocken und warm fühlten sie sich an, und beruhigend lebendig.

»Den ganzen Weg!«, rief die Großmutter aus und tätschelte Antonias Wangen. »Du meine Güte!«

Dann ließ sie sich wieder zurück in die Kissen sinken und strahlte Antonia sprachlos an.

Antonia schluckte. Was konnte sie denn in diesem seltsamen Zimmer reden mit der Großmutter?

»Wie geht's dir denn?«, brachte sie schließlich heraus.

»Besser, Kindchen, besser«, nickte die Großmutter und lächelte immer weiter. »Ich freu mich ja so, dass du mich besuchen kommst!«

»Mama wollte eigentlich nicht, dass ich komme«, sagte Antonia.

»Ach, die Mama«, erwiderte die Großmutter und machte eine wegwerfende Handbewegung, »die Mama macht sich immer viel zu viele Gedanken. Nun aber zu dir. Wie geht es dir denn, was machst du, was hast du vor?«

Erstaunt vernahm Antonia diese Fragen. Wieder, wie vor langer Zeit schon einmal, verstand sie nicht, was sie hörte. Was bedeutete denn noch einmal *vorhaben,* dachte sie verwundert und sprach das Wort vor sich hin, kaute darauf herum, bis es keinen Geschmack mehr hatte.

Sie zuckte mit den Schultern.

»Wie geht es Tim?«, versuchte es die Großmutter noch einmal.

Doch auch diese Frage verstand Antonia nicht.

Es ist so weit, dachte sie, es ist so weit. Ich muss sie fragen!

Irritiert sah sie auf die Flasche, die an dem Gestell neben dem Bett hing. Gleichmäßig wie der Sekundenzeiger einer Uhr tropfte eine Flüssigkeit in den Schlauch und am anderen Ende hing der Schlauch im Handrücken der Großmutter, festgeklebt mit mehreren weißen Pflasterstreifen.

»Lass dich davon nicht ängstigen«, sagte die Großmutter beruhigend. »Ist nur Medizin, die mir hilft.«

Stumm nickte Antonia. Die kleinen runden Pillen haben nicht mehr geholfen, dachte sie und sah wieder das Pillendöschen oben auf dem Nachtschränkchen.

»Ich muss dich was fragen«, flüsterte Antonia.

Erstaunt hob die Großmutter die Augenbrauen. Dann klopfte sie auf den Bettrand und schob ihren kleinen Körper ein wenig zur Seite.

»Nur zu! Mal sehen, ob ich eine Antwort weiß«, murmelte sie wie zu sich selbst.

»Es tut mir so Leid, Oma«, begann Antonia. Ihre Lippen waren trocken, die Zunge lag schwer und unbeweglich im Mund. Wie kann ich es nur sagen, dachte sie hilflos und hörte sich einfach irgendetwas plappern. »Ich habe was genommen, weißt du.«

Die Großmutter sah Antonia an und schwieg. Ab und an nickte sie aufmunternd, als wollte sie Antonia ermutigen weiterzureden. Antonia starrte auf die weiße Bettdecke. »Ich habe den Schlüssel genommen, den zum Keller, weißt du. Ich bin hineingegangen und hab das Klavier gefunden. Ich hab auf dem Klavier gespielt. Hast du mich gehört?«

Kaum merklich nickte die Großmutter.

»Ja«, sagte sie leise, »ich habe dich gehört. Erst dachte ich, ich träumte, wie sonst immer, wenn ich das Klavier höre. Aber dann waren das plötzlich andere Stücke, als Robert früher gespielt hatte …«

Ihre Stimme versagte.

»Ja«, sagte Antonia, starrte auf die kleinen Zwirbel, die sie in das Betttuch gedreht hatte und die tausend kleine Falten hinterließen, als sie sie wieder losließ. »Das wollte ich dich ja fragen. Gehörte das Klavier Onkel Robert?«

Die Großmutter nickte wieder.

»Am Samstag war ich in einem Konzert, Oma, und …«

Überrascht hob die Großmutter beide Hände, schwieg jedoch, als sie merkte, dass Antonia weiterreden wollte.

»… und da wurde ein Klavierkonzert gespielt von Robert Schumann. Oma, stell dir vor, ich kannte jeden einzelnen Ton davon. Ich hätte alles mitsingen können! Oma, bitte, du kannst dir nicht vorstellen, wie furchtbar das war! Ich hatte Angst und war gleichzeitig so glücklich. Es war so unheimlich! Ich habe keine Ahnung, woher ich die Musik kenne. Ich muss es wissen. Bitte! Hilf mir!«

Die letzten Worte kamen wie ein kleiner Aufschrei heraus. Erschrocken schaute Antonia zu den anderen Betten, doch deren Insassen schienen zu schlafen. Nichts rührte sich.

Auch die Großmutter regte sich nicht. Antonia hob den Blick und sah entsetzt, dass Tränen über die blassen Wangen der Großmutter rollten. Erstarrt saß Antonia auf dem Bett und schwieg.

Nach einer Weile schließlich hob die Großmutter eine Hand und wischte die Tränen fort.

»Ja«, sagte sie, »ich wusste, dass du es irgendwann wissen willst. Deine Mutter hingegen – nun. Im Keller liegt eine alte Schallplatte. Robert hat sie wohl hundert Mal gespielt. Er hatte dieses Konzert geübt, weißt du. Andauernd hat er es aufgelegt. Er war richtig besessen von diesem Stück. Und du auch. Du hast auf dem Sofa gesessen und dirigiert. Es war ein Anblick – unbeschreiblich.«

Die Stimme der Großmutter zitterte. Sie hob die Hand vor den Mund. Leise surrend rutschte der Schlauch über das Bettlaken.

»Tut mir Leid, entschuldige«, fügte die Großmutter hinzu, nahm die Hand wieder herunter und tätschelte damit Antonias Hand. »Robert sagte immer, die Toni, die wird noch mal was, die ist so musikalisch! Kein Wunder also, dass du jeden Ton kanntest.«

Lange schwiegen beide.

Antonia strich die Falten aus dem Betttuch und dachte an Robert, wie er im Wohnzimmer zu der Schallplatte auf und ab ging, das kleine Kind auf dem Sofa fuchtelte mit den Händen in der Luft. Dieses Bild wurde vor Antonias innerem Auge größer und größer, wie eine Leinwand so groß, bis es sie ganz ausfüllte. Die Gedanken, die seit Tagen kreisten und kreisten, kamen hier zur Ruhe.

»Wo ist der Plattenspieler denn, und wo die Schallplatte?«, fragte sie unvermittelt, als gäbe es jetzt nur noch praktische Fragen.

»Na, im Keller natürlich«, murmelte die Großmutter und schloss die Augen.

Mit einer neuen Kraft, mit einem neuen Willen erhob Antonia sich, beugte sich über die Großmutter und küsste sie sanft. »Danke, Oma, du hast mir geholfen, du weißt nicht, wie sehr! Danke! Ich fahr jetzt und hol mir die Platte aus dem Keller, ja?«

Die Großmutter schaute noch einmal auf. »Tu das, Tonilein, hol sie. Sie gehört dir.«

24

Eine Schallplatte! Es war eine Schallplatte!, dachte Antonia, und auch jedes andere Geräusch, das sie hörte, während sie auf dem Rad zurückfuhr, schien ihr genau diese Worte zuzurufen: das anfahrende Moped, der bellende Hund, die spielenden Kinder, die bremsenden Autos. Eine Last war verschwunden und jetzt erst merkte sie, wie schwer sie gewesen war. Es war, als hätte sie ein Teil von ihrem eigenen Leben wiedergefunden.

Denn so war es! Ein Teil von ihrem Leben war verloren gegangen. Aber warum?

Mit einem Schlag kehrten die Fragen zurück. Warum nur hatte sie nicht weitergefragt? Warum war sie so glücklich losgegangen und hatte die Großmutter dort zurückgelassen, ohne die anderen Fragen auch gestellt zu haben?

Warum hatte niemand etwas von der Schallplatte und dem Kind auf dem Sofa erzählt? Warum war das Klavier im Keller versteckt? Aus welchem Grund wurde niemals mehr über Robert gesprochen? Und warum hörte die gesamte Familie keine Musik?

Plötzlich schien sich ein Schleier zu senken über Antonia und dieser Schleier war undurchdringlich.

Die Schallplatte, ich darf die Schallplatte holen, sagte sie sich, doch dieser Gedanke munterte sie nicht mehr auf. Ich werde auch den Plattenspieler mitnehmen, dachte sie, sonst kann ich die Platte schließlich nicht hören. Aber der Schleier lüftete sich nicht. Nein, er verdüsterte sich weiter und weiter. Das Lachen der Mädchen auf dem Schulhof, ihre Stimmen, wie sie den Namen aussprachen. Milan. Fast kam Antonia dieser Name wie erfunden vor. Gab es ihn wirklich? Hatte er ihr wirklich in die Augen gesehen und hatte er wirklich mit ihr gesprochen? Der Schleier schien sich immer mehr zu verdichten. Sie konnte kaum noch etwas sehen. An der nächsten Ampel stieg sie vom Fahrrad.

Was ist mit mir los, dachte sie verwirrt und versuchte an Schiller zu denken und an die nächste Klavierstunde. Doch die Gedanken flutschten ihr fort wie glatte nasse Fische. Ich muss weiter, weiter, das war der einzige Gedanke, der blieb.

Sie fuhr weiter. Die Mittagssonne stand hoch und ließ die Schatten hart und kurz erscheinen. Überrascht sah Antonia den Schatten des Fahrrads neben sich, verzerrt und doch ein perfektes Abbild. Weiter, nur weiter, und je länger sie fuhr, desto leerer wurde ihr Kopf. Das war angenehm. Fast war es, als könnte sie ihren Kopf in den Wind legen, so leer und leicht war er, und der Wind könnte ihn mitnehmen.

Plötzlich war ihr, als sei sie selbst ein Schatten, verzerrt, doch ein perfektes Abbild. Ein Schatten wovon? Da stand er, Robert, im vollen Licht der Sonne, lächelte ihr zu und hob wie der Dirigent die Hände in die Luft, als läge dort ein Kissen bereit, um sie darauf auszuruhen. Das Orchester begann, das Klavier folgte sogleich, die Akkorde rauschten in die Tiefe, hinab, hinab, und sie selbst, Antonia, war sein kleiner harter Schatten, kaum zu sehen, zu seinen Füßen kauerte sie und lauschte der Musik.

Erleichtert lächelte Antonia und achtete kaum auf den Verkehr. Sie fuhr über die Radwege, über Kreuzungen und an Seitenstraßen vorüber, ohne auch nur innezuhalten, bis sie vor dem Haus der Großmutter anhielt.

Wie in Trance stieg sie ab, stellte das Rad in den Ständer und sah sich um. Irgendetwas war anders.

Dann sah sie es. Die Türen standen offen. Die Haustür, die Windfangtür. Große Müllsäcke standen im Flur.

Entsetzt spürte Antonia, wie sich ein eiskalter Hauch über ihren Rücken zog. Sie rannte ins Haus. Niemand war zu sehen.

»Hallo!«, rief Antonia. Ihre Stimme schien in den Schleiern zu ersticken.

Sie rannte die Treppe hoch. Niemand in den Zimmern.

Nein, natürlich nicht!, schrie eine Stimme in ihr, unten! Du musst nach unten gehen! Die Akkorde rauschten in die Tiefe, hinab und hinab. Sie stürzte die Treppen hinunter, an der Uhr vorbei, die gerade zwölfmal schlug, sie schickte die Töne hinter Antonia her, wie ein Fischer sein Netz auswirft, doch sie erreichten sie nicht mehr. Antonia folgte der Schwerkraft, hinunter, hinunter, und erst unten stand sie still.

Überall brannte Licht. In der Küche, im Kellerflur. Die Tür, ihre Tür, lehnte aus den Angeln gehoben an der Wand, der Raum, ihr Raum, hell erleuchtet, leer. Vollkommen leer.

Die Gedanken hielten inne. Es grollte noch ein ferner Donner, dann war es still.

»Toni«, sagte Frau Köttge und strich mit den Händen über die Schürze. »Tonilein!«

Wie gelähmt stand Antonia neben der ausgehängten Tür und starrte in den ausgeräumten Kellerraum.

»Toni, he, mein Täubchen«, dröhnte Onkel Paul. Er kam aus der Küche und hielt ein Sektglas. »Komm, stoß an mit deinem Onkel Paul. Hier ist endlich aufgeräumt, ha!«

»Wer«, stieß sie hervor.

Und noch einmal: »Wer.«

»Wer, willst du wissen? Ich jedenfalls nicht. Ich habe nur die Entrümpelungsfirma reingelassen und überwacht, dass sie auch nichts vergessen. Deine Mutter war es, mein Täubchen, und dein Onkel Harry. Die haben es sich ausgeheckt, die beiden Schlingel. Das hätte ich ihnen weiß Gott nicht zugetraut. Endlich kann man wieder atmen in diesem Haus!« Zufrieden schlug er sich mit der freien Hand auf den Bauchansatz.

»Oje«, jammerte Frau Köttge, »vielleicht hätten Sie das nicht sagen sollen …«

Dann schwieg sie und blickte zu Antonia, die noch immer neben der Tür lehnte.

Das also hatte die Mutter gemeint. *Es ist so weit*. Der Keller muss endlich ausgeräumt werden, jetzt, wo Toni all diese Fragen stellt. Doch dann ging ein Ruck durch ihren Körper, sie stieß sich ab von der Wand, von dem leeren Kellerraum, von dem Klavier, das dort einmal gestanden hatte.

»Auch gut«, murmelte sie, »ich geh ein bisschen in den Garten.«

»Toni«, rief Frau Köttge hinter ihr her, »Toni, ich habe das Klavier …«

Doch die Stimme erreichte sie nicht mehr.

Die Außentür stand offen. Antonia stieg die Kellertreppe hoch und trat in das feuchte Gras. Die Luft war hell, blendend hell. Deutlich stand der Baum dort hinten am Zaun, zarte Blätter an den Zweigen, ein grünes Versprechen. Grün, Grün, dachte Antonia, Grün ist meine neue Farbe, grün will ich sein wie sie.

Ihr Körper wusste noch genau, wie man auf diesen

Baum stieg. Die Arme griffen hoch, die Beine zogen nach, schon hockte sie auf dem ersten Ast, weiter und weiter zog es sie hoch, wo es grün, leuchtend grün war und die Musik schwieg. Hier war sie frei, so frei!

Die Welt zog sich zurück.

Blinzelnd schaute sie in die Wolken, der Wind strich über ihr Gesicht, sie schloss die Augen. So ist es also, wenn man wirklich frei ist, dachte sie. Sie griff nach dem winzigen Apfel, der dort noch hing und wartete von ihr gepflückt zu werden. Das Versprechen ist eingelöst, dachte sie und ließ los.

Die Welt stürzte fort.

Wie konntest du nur, sagte die Mutter und wischte Schnee vom Grabstein. Lass sie doch, sagte Onkel Harry und fischte einen Adler aus dem Wasserbad. Zeig her, rief Tim und hielt den Adler hoch in die Luft, Toni hat einen Adler gegossen, einen Adler! Keinen Adler, murmelte Antonia, es ist ein Milan, erkennt ihr das nicht? Nein, ihr seht es nicht, nichts seht ihr, seid ihr denn blind? Tonilein, wo ist der Schlüssel, der Schlüssel?, rief die Großmutter dazwischen und Onkel Paul lachte nur. Diese Finger, sieh nur diese Finger, sagte Schiller und hielt dem Jungen ihre Hand hin, aus der sofort ein lebloser Fisch wurde, glitschig rutschte er auf die Tasten des alten schwarzen Klaviers, klatschte dort noch einmal mit der Flosse, dann lag er still.

Stille.

25

Irgendwann war etwas zu hören.

Es klang wie Musik.

Dann wurde es eine Stimme. Die Stimme war nah bei der Welt.

»Lass sie liegen«, sagte sie leise.

»Moment«, sagte eine andere Stimme, »hier.«

»Eins, zwei, hopp«, sagte jemand.

Die Welt wurde angehoben und fortgetragen. Die Welt schaukelte und schwebte in die Dunkelheit hinaus.

Die Welt endete irgendwo.

Und kehrte zurück.

»Was hast du getan!«, rief die Mutter.

»Lass sie«, sagte der Vater.

»Sie wollte doch nur auf ihren Baum«, murmelte Onkel Paul.

»Sie braucht Ruhe«, sagte eine Stimme.

»Ich habe …«, hörte sie Frau Köttge, »… das Klavier!«

»Ich hoffe, es ist auf dem Schrottplatz«, erwiderte die Mutter.

»Nein«, hörte sie Frau Köttge, »es steht bei … ich habe es …«

Die Welt blinzelte.

Antonia öffnete die Augen.

»Sie ist wach!«, rief jemand.

»Dem Himmel sei Dank«, schluchzte Frau Köttge.

»Toni, Antonia, hörst du mich?«, sagte die Mutter.

Antonia schloss die Augen. Die Welt wollte Ruhe.

»Du musst es ihr sagen«, flüsterte der Vater, »sonst verlieren wir sie auch noch.«

Die Welt wollte schlafen. Es schaukelte, es ruckelte, es wurde sehr hell.

»Ein paar Bilder«, sagte jemand im weißen Kittel.

Antonia nickte. Klar. Ein paar Bilder. Sie verstand nichts und war doch einverstanden. Ich gebe mein Einverständnis, dachte sie kurz und musste lächeln, ich gebe auf.

»Eine leichte Gehirnerschütterung, sonst nichts. Ein paar Prellungen. Sie muss einen Schutzengel gehabt haben«, sagte der Arzt dann.

Er hielt die Bilder gegen eine helle Wand, hell, so hell. Antonia schaute fort. Die Eltern standen stumm neben dem Arzt und sahen auf die Bilder.

»Gut«, murmelte die Mutter schließlich. »Wie gut, dass nichts passiert ist.«

»Es *ist* etwas passiert«, flüsterte der Vater. Kurz sah er sich nach Antonia um, die auf der Pritsche lag und an die Decke starrte. »Du weißt selbst, dass etwas passiert ist. Sie ist nicht einfach nur vom Baum gefallen!«

Antonia horchte auf seine Stimme, die allmählich im Nebel versickerte. Noch immer umgab sie ein Dunstschleier. In ihrem Kopf dröhnte es, die Rippen schmerzten. Wie kam sie hierher? Träumte sie? Fröstelnd zog sie das Laken bis zum Kinn. Sie wollte in ihr Bett und schlafen. Schlafen und schlafen. Sonst nichts.

Der Arzt kam zurück.

»Schau auf meinen Finger«, sagte er und bewegte seinen Finger vor ihren Augen hin und her.

Wieder musste Antonia lächeln, denn der Arzt wollte unbedingt, dass sie auf Anhieb sagte, wie viele Finger er ihr vor die Nase hielt. War sie ein Kleinkind?

»Vier«, sagte sie brav.

»Sehr gut«, meinte er und wollte auch noch, dass sie aufstand und auf den Fliesen geradeaus ging. Sie stand auf und ging auf den Fliesen geradeaus. Prima für eine Zweijährige. Hervorragend!

Die Rippen taten weh. Der Arzt meinte, das würde noch eine Weile so bleiben, schließlich sei sie vom Baum gefallen und habe sich einige Prellungen zugezogen.

Zugezogen, dachte Antonia und hätte fast gelacht, die Prellungen sind zugezogen, mit was für einem Umzugswagen, bitte sehr? So einem wie der, der die Sachen aus dem Keller fortgeschafft hatte?

Da war er wieder, der Schmerz, der allem ein Ende bereiten wollte. Was konnte nun noch geschehen?

Eine Krankenschwester kam, schob einen Rollstuhl an die Pritsche und setzte Antonia hinein. Der Arzt sprach mit den Eltern, gab ihnen einen Brief mit für den weiterbehandelnden Kollegen, die Schwester schob Antonia zur Tür. Der Arzt gab ihr die Hand und wollte, dass sie versprach drei Tage im Bett zu bleiben. Wieder nickte Antonia brav.

Die Mutter schob Antonia die Flure entlang, die gelben, gelben Flure, schon zischten die Türen des Aufzuges zurück, in der Kabine stand ein Rollstuhl, der Mann ohne Beine schaute Antonia ins Gesicht, ahnungslos schob die Mutter ihren Rollstuhl neben seinen und sagte »Erdgeschoss bitte«, als sei der Mann ohne Beine ein Liftboy.

»Wird gemacht«, grinste der Mann ohne Beine, drückte einen Knopf und sah Antonia an, die Türen zischten zusammen. Noch ein Zeitsprung, dachte Antonia, hoffentlich fahren wir hoch, dann kann ich die Großmutter noch einmal besuchen und alles geht anders aus. Doch der Fahrstuhl fuhr nach unten. Der Mann ohne Beine nickte Antonia zu, schaute auf ihre Beine und murmelte: »Brauchste die nich mehr? Kannste mir geben.«

Damit klopfte er auf seinen leeren Bademantel, immer kräftiger klopfte er, er hörte gar nicht mehr auf zu klopfen, dumpf und hohl klang das Geräusch, grässlich, Antonia wollte es nicht mehr hören und schaute krampfhaft auf die Anzeigetafel. Dritter, zweiter, erster, Erdgeschoss.

Zum Glück öffneten sich sofort die Türen, die Mutter schob Antonia hinaus, fort von dem Fahrstuhl und der Mann ohne Beine hörte auf zu klopfen und rief laut hinter ihr her: »Wer welche hat, muss sie auch benutzen!«

Stöhnend legte Antonia die Hände auf ihre beiden Beine. Sie waren noch da. Beide. Schnell sah sie sich um nach dem Mann ohne Beine, doch er fuhr schon wieder zurück in seinen Fahrstuhl.

Die Eltern hatten nichts bemerkt. Sie schoben Antonia hinaus in die Sonne, das Auto stand da, der Vater war hinter dem Krankenwagen hergefahren, das war eine Aufregung, ach ja, jetzt fahren wir aber nach Hause und machen es uns gemütlich, nicht?

Doch als sie im Auto saßen, sagte Antonia: »Ich will nicht nach Hause.«

»Wohin willst du denn?«, sagte die Mutter. Es klang, als gäbe es keinen anderen Ort auf der Welt, wo sie nun hinkönnte.

»Egal«, sagte Antonia nur und meinte es auch so.

Die Mutter drehte sich um und sah Antonia prüfend an. Antonia schloss die Augen.

Der Vater nickte und fuhr los.

Schweigend fuhren sie durch die Stadt. Antonia fragte sich, ob sie an diesem Morgen durch die gleiche Stadt geradelt war. Sie erkannte keine Straße, kein Haus, keine Kreuzung wieder. Und war es überhaupt an diesem gleichen Tag gewesen, dass sie die Großmutter besucht hatte?

Schließlich schaute die Mutter den Vater an.

»Wohin fährst du eigentlich?«

Der Vater sah auf die Straße und schwieg eine Weile. Dann sagte er ruhig: »Ich fahre dorthin, wo wir jetzt am besten sein können.«

Dann bog er von der großen Straße ab und nach einigen Seitenstraßen standen sie auf einem großen Parkplatz am Rande einer großen Anlage.

»Nein«, sagte die Mutter nur.

»Doch«, sagte der Vater und stieg aus. »Hier ist der einzige Ort, wo wir über all diese Dinge reden können.«

Antonia öffnete die Tür. Sie blinzelte. Das große Tor kam ihr bekannt vor. Und dort hinten, am ersten Querweg, tuckerte ein kleiner Trecker entlang, heute mit einem winzigen Anhänger im Schlepptau. Kein Schnee.

Sie stieg aus. Hielt sich die schmerzenden Rippen. Atmete tief ein und aus. Ja, das war der einzige Ort, wo sie jetzt sein konnten.

»Kannst du ein bisschen laufen?«, fragte der Vater und hakte sie unter.

»Hm«, machte Antonia, »ist ja nicht weit.«

Der Vater wunderte sich nicht.

Sie gingen ein paar Schritte, dann hakte die Mutter den anderen Arm des Vaters ein. Es war, als wäre der Vater eine Art Medium, durch welches Antonias Gedanken und die der Mutter einen Austausch anbahnten.

»Wie spät ist es?«, fragte sie. Sie fürchtete sich vor dem, was nun kommen würde.

»Fast vier Uhr«, sagte der Vater.

»Sie schließen doch gleich!«, rief Antonia.

Die Mutter blieb stehen. »Kind, was redest du da? Wir haben Ende März, da haben sie bis zwanzig Uhr auf. Überhaupt woher …« Sie unterbrach sich, winkte in die leere Luft, als wollte sie Geister verscheuchen.

Von Geistern hab ich jetzt genug, dachte Antonia und suchte die Enten, die eifrig im Graben schwammen oder zu zweit über den Rasen watschelten. Schade, niemand hatte Brot dabei.

»Und wie hast du dir das jetzt gedacht?«, fragte die Mutter unwirsch, als sie schließlich vor dem Grab standen.

»Ich denke«, sagte der Vater langsam, »wir stehen hier jetzt ein bisschen und dann suchen wir uns eine Bank und reden. Ist das in Ordnung, Antonia?«

Überrascht nahm Antonia wahr, dass der Vater sie gerade mit ihrem richtigen Namen angeredet hatte. Doch sie schwieg und nickte nur.

Eine Weile standen sie und schwiegen. Das Grab war frisch geharkt und mit Stiefmütterchen bepflanzt. Die Christrosen waren fort. Der Schnee war fort. Die Musik war fort.

Antonia begann zu frieren. Sie sah die Mutter an. Still liefen Tränen über ihr Gesicht

Antonia erschrak. Das wollte sie nicht. Sie wollte nicht, dass die Mutter traurig war. Sie wollte nicht, dass …

Der Vater legte eine Hand auf ihre Schulter.

»Es ist gut so«, flüsterte er nur und schob sie ein wenig abseits zur nächsten Bank. »Setz dich.«

Sie setzten sich und warteten.

Irgendwann schnäuzte sich die Mutter, ordnete einige der gelben und blauen Blüten, drehte sich um und kam zu ihnen auf die Bank.

»Ich hätte dir sagen sollen, dass es ein Unfall war, das war es ja auch beinah, dann hättest du nicht all diese Fragen gestellt und dich nicht so geplagt«, murmelte sie.

»Unsinn«, sagte der Vater. »Du hast keine Schuld an seinem Tod, nimm es doch endlich an als das, was es ist!«

Antonia spürte ihr Herz gegen die schmerzenden Rippen schlagen. Schuld? Warum sollte die Mutter Schuld haben?

»Doch, Max, ich habe Schuld. All die Jahre habe ich gegrübelt und geforscht und ich bin zu dem Schluss gekommen, dass ich Schuld habe. Hätte ich seinen Zettel nicht gelesen, wäre es nicht passiert. Hätte ich die Worte, die darauf standen, nicht ernst genommen, dann würde er jetzt noch leben!«

Die letzten Worte klangen wie ein Aufschrei. Antonia schlug die Hände vor den Mund. Was sagte sie da! Welche Worte hätte sie nicht ernst nehmen sollen? Warum hing davon ein Leben ab?

»Nein, Anna. Du weißt, dass du es nicht verhindern konntest. Offenbar haben auch wir zu wenig darüber gesprochen. Komm, erzähl Antonia, wie es war. Es ist wichtig für sie. Lebenswichtig.«

Der Schmerz, der alles beenden wollte, saß auf Antonias Schultern. Er breitete seine Schwingen aus. Milan, dachte sie.

Der Vater griff nach ihrer Hand und hielt sie fest.

»Erzähl, Anna«, murmelte er. »Erzähl.«

26

Die Mutter erzählte.

Am Silvesterabend vor elf Jahren feierte die Familie wie immer zusammen. Alle waren da: die Großmutter, Paul, der gerade Iris kennen gelernt hatte, Silke und ihre Freundin, die sie eingeladen hatte, Robert, der Vater, die Mutter und Antonia, die zwei Jahre alt war. Nach Mitternacht ging Robert fort zu Freunden. Er kam spät zurück, alle schliefen schon. Am nächsten Morgen fanden sie einen Zettel an seiner Tür hängen. *Weckt mich bitte nicht, ich will ausschlafen.*

Die Großmutter wollte ihn wenigstens zum Neujahrsessen wecken.

»Aber ich war wütend auf Robert«, sagte die Mutter bitter und wischte sich wieder Tränen ab, »ich war wütend, weil er sich immer so rausgehalten hat aus allem. Ich hab gesagt, dass er verdammt noch mal ausschlafen soll und dass die Großmutter ihn nicht immer so bedienen soll. Er konnte sich das Essen schließlich später warm machen! Aber der große Künstler durfte ja keinen Finger krümmen bei uns zu Hause!«

Die Großmutter wollte seine Tür aufmachen, um Robert zu wecken, aber die Mutter hatte sie daran gehindert. Also fingen sie ohne Robert mit dem Essen an, doch irgendwie hatte es keinem so richtig geschmeckt.

»Es war, als hätten wir alle etwas geahnt.«

Die Mutter weinte leise.

Der Vater legte einen Arm um sie und zog sie an sich. Dort lag sie an seiner Schulter wie ein Kind, das getröstet werden musste.

Antonia schaute auf den Grabstein. Kein Gedanke war in ihr, kein Ton, kein Gefühl. Sie saß nur da und horchte auf die schluchzende Stimme der Mutter.

Erst am Abend fanden alle, dass Robert nun wirklich aufstehen konnte. Paul ging in Roberts Zimmer und donnerte ein paar kräftige Akkorde auf Roberts Klavier. Aber Robert wurde nicht wach. Erst dann entdeckten sie die leeren Packungen Schlaftabletten. Der Notarzt kam und pumpte sofort seinen Magen aus. Doch Robert lebte nicht mehr.

»Ein paar Stunden eher hätten sie ihn vielleicht retten können!«, wimmerte die Mutter.

»Nein, Anna«, sagte der Vater.

»Doch!«, rief die Mutter. »Hätte ich Mutter hineingehen lassen, hätten wir gleich die Schachteln entdeckt, dann vielleicht ...«

Ihre Stimme erstarb.

Antonia war, als senkte sich ein Schatten über sie. Der Grabstein war entrückt, die Bäume abgewandt, die Blüten fahl. Selbstmord.

Lange sagte keiner etwas.

»Aber warum?« Antonia hörte die eigene Stimme schrill aus dem Dunkel hervorbrechen.

Als hätte die Mutter auf diese Frage gewartet, stieß sie mit gepresster Stimme hervor: »Ja, warum? Das ist am schlimmsten. Niemand weiß, warum. Bis heute nicht. Er hat keinen Brief hinterlassen. Keine Nachricht. Es gab einfach keinen einzigen Hinweis, dass er Hilfe gebraucht hätte. Damit kann man nicht leben!« Die letzten Worte schluchzte sie gequält.

»Aber du tust es doch, du lebst damit, wir leben damit«, sagte der Vater sanft.

»Ach Max«, rief sie bitter, »du siehst doch, welche Probleme wir deshalb haben!«

Antonia rührte sich nicht. Meinte die Mutter sie? War sie das Problem? Nein, dachte sie und spürte auf einmal wieder den Wind im Gesicht und sah das Licht auf den Blüten, nein, das Problem bin nicht ich!

»Erzähl vom Klavier«, sagte sie unvermittelt.

Die Mutter nickte dumpf.

»Das Klavier. Ja. *Das Klavier*. Damit fing alles an. Und alles hörte auf damit. Das verfluchte Klavier!«

Fast hätte Antonia aufgeschrien, so sehr schmerzten sie die bitteren Worte der Mutter, doch der Vater drückte ihre Hand und schüttelte den Kopf.

»Das Klavier, Robert und du. So wird ein Schuh daraus«, murmelte die Mutter. »Du warst vernarrt in dieses Klavier. Und Robert machte es einen Heidenspaß, dir was beizubringen. Mit deinen zwei Jahren, Herrgott noch mal! Immer sollte er dir was vorspielen. Und er spielte dir vor. Alles, was er geübt hatte, spielte er dir vor. Und das war eine Menge. Schließlich übte er ja täglich vier bis fünf Stunden. Was haben wir alle darunter gelitten! Immer mussten alle mucksmäuschenstill sein, wenn der Künstler übte!«

Die Mutter verstummte.

Antonia horchte auf den Gesang der Vögel.

Dann sprach sie weiter. »›Aus Toni wird noch einmal was‹, rief er immer, wenn du wieder irgendwas geklimpert hattest. ›Sie ist viel begabter als ich!‹ Immer und immer spielte dieses Klavier in unserem Haus. Und dann auf einmal war Schluss.«

Ihre Stimme brach ab.

Der Wind strich in die Bäume.

Der Vater seufzte und legte den Arm um die Mutter. Still weinte sie vor sich hin.

»Aber warum hat er es getan?«, stieß Antonia hervor. »Warum?«

Diese eine Frage sammelte alle anderen Fragen, die sie sich in den vergangenen Wochen gestellt hatte, und formte eine große einzige Frage daraus.

Die Mutter wiederholte sie nur.

»Warum. Ja, warum. Keiner weiß es.«

Aufziehende Wolken warfen jähe Schatten auf den Weg. Dann brach wieder die Sonne durch.

Der Vater räusperte sich.

»Natürlich hat die ganze Familie lange gegrübelt, warum er es getan haben könnte. Auch wenn wir nicht mehr darüber reden, grübeln wir alle eigentlich immer noch.«

Er machte eine Pause und sprach dann mit leiser Stimme weiter. Ab und an nickte die Mutter, manchmal schüttelte sie den Kopf. Aber sie schwieg und ließ ihn reden.

In der Schule hatte Robert keinerlei Probleme gehabt. Er war ein guter Schüler, stand kurz vor dem Abitur und wollte Musik studieren. Doch seine Mitschüler und Freunde hatten später erzählt, dass Robert schon Wochen zuvor schweigsam und ausweichend gewesen war. Er hatte sich zurückgezogen. Keine Verabredungen mehr, kaum noch Telefonate.

»Bei dir war es doch genauso, stimmt's?«, fragte die Mutter. Antonia erschrak. Das also hatten die Eltern gemeint mit dem Satz *Bei Robert fing es auch so an*. Nein!, wollte sie rufen, doch kein Wort kam ihr über die Lippen. Hatten die Eltern befürchtet, dass sie ebenfalls …

Weiter konnte sie nicht denken. Ihr Kopf weigerte sich.

Der Vater fuhr fort. Möglicherweise hätte Robert sich unglücklich verliebt.

»Er hatte aber doch nie eine Freundin«, wandte die Mutter ein.

»Das ist kein Beweis, dass es nicht so war«, erwiderte der Vater. »Unglückliche Liebe ist für viele …« Hier stockte er und wählte die Worte sorgfältig aus, »für viele, die aufgeben, ein Grund.«

Antonia musste an die grünen Augen denken. Und an die Hand von Maurice Weiß, die kurz auf Schillers Bein ruhte. Verwirrt schüttelte sie den Kopf, als könnte sie so diese Bilder verscheuchen.

»Möglich ist aber auch, dass Robert den großen Konkurrenzdruck nicht aushalten konnte«, sagte der Vater. »Oder dass er sich zu hohe Leistungen abverlangt hat. Doch sein Klavierlehrer glaubte das nicht. Er war erfolgreich, einer der besten Schüler, er arbeitete für ein großes Klavierkonzert zusammen mit den Philharmonikern.«

Schumanns Klavierkonzert. Plötzlich sah Antonia statt Pavel Honigmann Robert oben auf der Bühne sitzen, die Finger liegen über den Tasten, bereit zum Absprung, der Dirigent wartet, Robert nickt und gibt das Zeichen. Selbstmord.

Antonia schlug sich vor den Mund, um ein Schluchzen zu unterdrücken.

Die Bäume wiegten sich im Wind und ließen die kleinen grünen Spitzen an ihren Zweigen leuchten. Antonia starrte auf die zarten Blätter. Was hätte Robert retten können? Und was rettete sie selbst?

»Das Klavier«, brach es aus ihr hervor. »Warum habt ihr es im Keller versteckt?«

Die Mutter schwieg.

Sie schnäuzte sich und stand auf. Sie lief zwischen Grab und Bank hin und her. Dann richtete sie ihren Blick auf Antonia. Wieder war es dieser fremde, aus weiter Ferne kommender Blick, dunkel vor Schmerz. Antonia erstarrte.

»Ich hatte Angst«, sagte die Mutter.

Ihre Stimme klang hohl.

Der Vater schwieg und sah die Mutter an.

»Anna«, murmelte er irgendwann, »sprich weiter.«

Die Mutter setzte sich wieder zu ihnen auf die Bank.

»Ich hatte Angst um dich«, sagte sie schließlich, langte am Vater vorbei und ergriff Antonias Hand.

Jetzt endlich konnte Antonia ihr eigenes Entsetzen spüren. Ihre Verwirrung, ihre Einsamkeit. Dann sah sie den Schmerz der Mutter und wollte alles auf sich nehmen.

»Nein«, krächzte sie, »nein, du sollst keine Angst um mich haben.«

Es klang wie ein müdes vergebliches Flehen.

»Ich war mir sicher, dass alles mit dem Klavier zusammenhing«, sprach die Mutter weiter. »Er hätte sich nicht umgebracht, wenn er nicht dieses verdammte Klavier gehabt hätte, auf dem er ohne Ende übte wie ein Verrückter. Und vielleicht war er ja auch verrückt.«

Sie hielt inne, als horchte sie ihren eigenen Worten nach.

»Nein«, fuhr sie dann fort, »er war nicht verrückt. Aber er war verzweifelt. Und keiner hat es gemerkt! – Ich wollte nicht, dass du wurdest wie er. Um alles in der

Welt wollte ich das verhindern! Du durftest nicht weiter auf dem Klavier klimpern, damit du nicht wurdest wie er. Und außerdem ertrug die Großmutter keine Musik mehr. Alles, jeder Ton, jeder Takt erinnerte sie an Robert. Sie konnte kaum weiterleben nach diesem schrecklichen Tag. Wir alle konnten es kaum.«

Langsam löste sich die Erstarrung, die Antonia überfallen hatte. Sie wackelte mit den Füßen, rührte die Finger vorsichtig.

»Deshalb habt ihr alle seine Sachen im Keller versteckt. Damit ich sie nicht finde«, sagte sie, als würde sie nun die Geschichte weitererzählen. Also fuhr sie fort.

»Aber ich habe das Klavier gefunden. Ich brauche es. Es gehört mir! Warum nur«, ächzte sie und musste den Kloß im Hals herunterschlucken, »warum nur habt ihr alles wegbringen lassen! Das durftet ihr nicht. Es ist mein Klavier und mein Schumann-Klavierkonzert, Oma hat es mir geschenkt!«

Das alles brach aus ihr heraus und nun stürzten auch die Tränen hervor. Der Vater legte den anderen Arm um sie und drückte sie gegen sich. Sie spürte seine Wärme, seinen festen Arm, seine Hand, die über ihren Kopf strich.

»Mama wollte dich schützen, verstehst du?«, murmelte er leise in ihr Haar.

»Sie braucht mich nicht zu schützen!«, keuchte Antonia. »Sie braucht mir nur das Klavier zu geben und die Schallplatte!«

Die Mutter wandte sich ab.

»*Niemals*«, stieß sie atemlos hervor, »nicht das Klavier! Und schon gar nicht das Schumann-Klavierkonzert. Wir werden sie sonst auch noch verlieren, nicht wahr, Max?«, rief sie verzweifelt.

Der Vater schüttelte den Kopf.

»Nein, Anna«, sagte er sanft, »wenn wir es ihr *nicht* geben, dann verlieren wir sie.«

Die Wörter legten sich wie ein Sturm. Alles war gesagt. Ein tiefes Schweigen entstand.

Erschöpft schmiegte Antonia sich in den Arm des Vater. Ihr war, als müsste sie sofort einschlafen.

Die Eltern standen auf.

Antonia war müde. Bleischwer hingen die Arme herab. Kaum konnte sie sich auf den Beinen halten. Die Enten, dachte sie, die Enten haben es gut, die können hier schlafen.

Der Vater zog sie mit sich, auch die Mutter hakte sie nun unter und wieder fühlte sie sich wie ein kleines Kind, schwach und so behütet.

»Und das alles nach diesem Unfall! Wir hätten gleich nach Hause fahren sollen«, sagte die Mutter mit ihrer alten Stimme.

»Es war kein *Unfall*. Dies hier war jetzt wichtiger. Wir kriegen sie schon ins Auto«, sagte der Vater und ging zielstrebig zum Ausgang.

Ein trockenes Tuckern kam näher. Der Vater winkte. Ohne so richtig zu bemerken, wie es geschehen war, saß Antonia bereits neben dem Gärtner.

Wie wird es jetzt weitergehen?, fragte Antonia sich erschöpft und sah in die Ferne.

Eine Stimme holte sie ein.

»Na, kleines Fräulein«, sagte er lächelnd, »wieder mal eine kleine Tour zum Ausgang gefällig?«

»Danke«, murmelte Antonia todmüde und musste an

den Mann ohne Beine denken, »ich hab zwar Beine, aber grad kann ich sie nicht gebrauchen.«

Der Apfel, dachte sie und sah plötzlich oben in den Zweigen den kleinen Apfel schaukeln. Habe ich ihn gepflückt?

27

Zu Hause herrschte große Aufregung.

Tim, der bei den Nachbarn gewesen war, hüpfte durch den Hausflur und schrie immer wieder: »Es gibt eine Überraschung! Es gibt eine Überraschung!«

Die Nachbarin kam heraus und fing gleich an zu gestikulieren. Warum ihr denn niemand etwas gesagt hätte, sie hätte ja gar nicht gewusst, wohin mit dem Ding, und wenigstens anrufen hätte man doch können.

Die Eltern brachten Antonia in die Wohnung, legten sie auf das Sofa, die Mutter holte eine Decke und breitete sie über Antonia aus.

»Ruh dich aus, mein Schatz«, sagte sie zärtlich. »Wir reden später über deinen Unfall, ja?«

Ihre Augen sahen müde aus, fand Antonia, aber dieser fremde dunkle Blick war verschwunden. Erleichtert zog Antonia die Decke über die Ohren und schloss die Augen. Jetzt war ihr der ganze Tumult egal. Die Stimmen im Hausflur wurden lauter und wieder leiser, dann klappten Türen und plötzlich waren Töne zu hören.

Ich träume, dachte Antonia und drehte sich um. Sie wollte nicht mehr träumen. Nie wieder wollte sie träumen, schon gar nicht von irgendwelchen Tönen oder grünen Augen. Das war vorbei.

Doch die Töne ließen nicht locker, sie riefen und riefen. Und schließlich stürmte Tim herein und rief es auch: »Toni, wach auf, wir haben ein Klavier!«

Mit einem Ruck setzte Antonia sich auf.

Sie hörte die Nachbarin, sie stand im Flur und rief aufgebracht: »Ja was hätte ich denn tun sollen? Die Möbelpacker sagten, das soll hier rein, und dann hab ich nachgeguckt, wo denn hin, und bei der Antonia war die eine Wand ganz frei, da dachte ich, ganz klar, hier gehört es hin. Wenn Ihnen das nicht recht ist, ich kann nichts dafür!«

»Schon gut, schon gut«, besänftigte Vaters Stimme sie, »es ist alles wunderbar. Sie hätten es nicht besser machen können!«

»Ehrlich?«

»Ganz ehrlich, herzlichen Dank!«

Dann kam er zu Antonia ins Wohnzimmer.

»Komm mit«, sagte er nur und winkte ihr.

Wie im Traum ging Antonia über den Flur in ihr Zimmer. Ich träume, dachte sie, aber ich will nicht mehr träumen. Niemals mehr! Doch da stand sie in ihrem Zimmer und an der Wand, die sie nach Silvester leer geräumt hatte, stand das Klavier.

Die Mutter drehte sich um und wankte auf den Flur. Der Vater folgte ihr.

»Hab Vertrauen«, sagte der Vater leise und umarmte sie, »lass sie spielen, sie *muss* es tun!«

Die Mutter stieß einen klagenden Ton aus. Alarmiert drehte Antonia sich zu ihr um. Sie sah das schmerzverzerrte Gesicht der Mutter.

»Glaubst du, ich werde es schaffen?«

»*Wir* werden es schaffen, wir«, flüsterte er.

Antonia wandte sich ab von ihnen und ließ sie allein mit ihrem Schmerz. Sie trat an das Klavier und strich vorsichtig mit der Hand über den Deckel. Hier im Tageslicht, hier in einem normalen Zimmer war es kaum wiederzuerkennen.

Zärtlich öffnete sie den Deckel. Kein Zweifel, es war

das Klavier. Drei Tasten hatten kein Elfenbein mehr, an einigen war es gesprungen. Unverkennbar war es das Klavier. Ihr sanftes, geduldiges Tier. Hier stand es in ihrem Zimmer wie ein ganz normales Instrument, auf dem man zu jeder Zeit spielen konnte, egal wie viele Menschen es hören mochten. Es stand hier so selbstverständlich, wie es wohl einmal bei Robert im Zimmer gestanden hatte.

Antonia sank auf den Stuhl.

»Warum heulst du denn? Ich find es klasse!«, rief Tim und drückte ein paar Tasten.

Das Telefon klingelte.

Der Vater nahm ab, kehrte zurück und rief, dass Frau Köttge Antonia sprechen wollte.

»Tonilein, bist du ganz in Ordnung, ja? Ich mach mir solche Sorgen, Toni! Hätte ich dir doch nur gleich gesagt, dass ich den Leuten von der Entrümpelung gesagt habe, das Klavier bitte zu Antonia Wächter, es ist ein Geschenk! Das musste ich dir doch sagen, Tonilein, der Großmutter ist es ganz gewiss recht, bloß sie konnte sich nicht entscheiden, weißt du, weil alles viel zu schwierig war, da musste ich es halt tun. Toni, so sag doch was.«

»Danke«, murmelte Antonia. »Das hätte ich nicht gedacht.«

»Ja, nicht wahr«, rief Frau Köttge glücklich ins Telefon. »Nun kannst du wieder Klavier spielen.«

»Ja«, sagte Antonia, »ja.«

28

Am Mittwoch verließ Antonia gegen Mittag das Haus. Sie trug eine flache Tasche unter dem Arm, fuhr mit der Straßenbahn in die Innenstadt und öffnete eine große Glastür.

»Bin gleich bei dir«, rief der Alte von hinten.

Antonia lächelte. Sie ging zwischen den Klavieren umher und tätschelte jedes kurz. Dann ließ sie sich auf der Sitzbank des Lieblingsflügels nieder.

»Es gibt Neuigkeiten!«, rief der Alte und näherte sich mit einer dampfenden Tasse.

»Bei mir auch«, murmelte Antonia und nahm die Tasse entgegen.

»Soso«, sagte der Alte.

Aufmerksam betrachtete er Antonias Gesicht.

»Aha. Ich sehe. Keine Gespenster mehr?«, fragte er.

Kurz überlegte Antonia. Selbstmord bleibt ein Gespenst, dachte sie. Niemand kann es erklären. Doch sie schüttelte den Kopf und sagte: »Es gibt Arbeit für Sie. Können Sie auch sehr alte, sehr verstimmte Klaviere stimmen?«

»Kann nicht sein!«, jubelte er, lief einmal um den Flügel herum, schlang die Arme um Antonia und drückte sie an sich.

»Doch«, knurrte Antonia, der es fast zu viel wurde. »Und bei Ihnen?«

»Sie kommt, sie kommt, meine Tochter kommt«, rief er freudig erregt, »und sie hat vorhin angerufen. Sie will mit mir in die große Ausstellung, du weißt schon, und am nächsten Tag gehen wir ins Konzert, wunderbar, nicht? Hast du Zeit, uns einen Abend zu begleiten? Das würde mich noch mehr freuen!«, sagte er, verwundert fast, und griff in die Tasten seines Lieblingsflügels. Perlende Läufe, eine klagende Melodie stieg empor, doch allmählich hellte sie sich auf, ließ ihre Kapriziosen sein und wurde schlicht und still und sang ein zartes Lied, das in einem einzigen Ton endete.

Geschwind stand der Alte auf und schloss den Deckel über den Tasten.

»Wunderbar!«, rief Antonia. »Sie hätten Pianist werden sollen!«

»Nein«, sagte der Alte still, »hier ist mein Zuhause, nicht die Bühne. Und du? Wann soll ich kommen?«

Nachdem sie sich verabredet hatten, verließ Antonia das Klaviergeschäft, wandte sich gen Osten. Schon bald stand sie vor Schillers Haus. Aufgeregt drückte sie die neue Notentasche gegen die Brust.

Eines der wenigen Dinge, die noch geheim sind, dachte Antonia überrascht. Die Eltern ahnten ja nicht, dass sie bereits Klavierstunden bekam.

Beklommen stieg sie die Stufen zu Schillers Wohnung hoch.

Erfreut öffnete Schiller auf ihr Klingeln und hielt die Tür weit auf.

»Antonia«, sagte er, »komm herein. Wir warten schon auf dich.«

Zögernd trat Antonia ein. Was meinte er?

Als sie in das Musikzimmer kam, fiel ihr Blick auf einen rotblonden Haarschopf, der hinter dem Notenpult zu sehen war. Fragend sah sie Schiller an.

»Ich hab doch gesagt, er spielt Chopin wie ein junger Gott, du musst ihn unbedingt hören. Und da wir bald ein

Vorspiel haben, dachten wir uns, er übt schon mal mit dir als Publikum.«

»Hm«, machte Antonia und schaute vorsichtig hinüber zu den grünen Augen, die hinter den Noten lauerten. Ja, sie waren so grün wie frische Blätterspitzen.

»Hallo«, murmelte sie schüchtern.

»Hi«, sagte der Junge, »hoffe, du hast Lust zuzuhören? Ich bin immer sehr nervös beim Vorspielen, also sei gnädig mit mir, okay?«

»Okay«, sagte Antonia erleichtert und lächelte zurück.

Sie ging zur Fotowand, um sich einen Stuhl von dort zu holen. Ihr Blick flog über die Bilder, Fotografien von Menschen, Flügeln, Blumensträußen, Schiller mit einer Schar von Schülern, Zwillinge auf einem Klavierhocker, der junge Pavel Honigmann zusammen mit Schiller und Weiß, dann ein Junge auf schief gestellten Füßen, verlegen lächelnd mit seinem Blumenstrauß vor dem Flügel.

Einen Wimpernschlag lang hing Antonias Blick zitternd an diesem Bild, *Der erste große Erfolg meines begabten Schülers*, ihr Herz tat einen Sprung und schlug dann wild gegen die schmerzenden Rippen. Robert.

»Ach«, sagte Schiller und seufzte leise hinter ihr, »das war einer meiner besten Schüler. Nun ja. – Milan, bist du so weit?«

Einmal schauten die grünen Augen herüber, schienen ihr zuzuwinken, ein flackerndes Willkommen, ein Ein- und Auftauchen zugleich, dann versenkten sie sich in die Tasten.

Antonia setzte sich seitlich und heftete ihren Blick auf die Hände, die dort über die Tasten flogen, auf das Profil, das sich versunken hingab an den Herzschlag der Welt, die sich ihr nun öffnete. Und während die ersten Klänge ertönten, die klare Melodie sich entfaltete, stolperte und über die drohenden Harmonien der linken Hand sich hinfortrettete in eine Sphäre einzigartigen Glückes, dachte Antonia an das Foto aus dem Keller. Ich werde es ihm erzählen, dachte sie. Später.

Ulrike Kuckero, in Bremen geboren, erhielt bereits als Kind Klavierunterricht und besuchte später neben der Schule die Musikhochschule. Nach dem Abitur entschied sie sich gegen ein Musikstudium und studierte Literaturwissenschaften, Anglistik und Pädagogik in Kiel, New York und Hamburg. Überall jedoch fand sie ein Klavier, auf dem sie üben durfte. Inzwischen lebt sie mit ihrer Familie wieder in Bremen, besitzt selbst ein Klavier und schreibt neben ihrer Arbeit als Grundschullehrerin Kinder- und Jugendbücher.

Kuckero, Ulrike
Das Ende der Stille
ISBN 3 522 17645 6

Einbandillustration: Cornelia Haas, Münster
Umschlagtypografie: Michael Kimmerle, Stuttgart
Texttypografie: Kadja Gericke, Arnstorf
Schrift: Aldus Roman
Satz: KCS GmbH, Buchholz/Hamburg
Reproduktion: immedia 23, Stuttgart
Druck und Bindung: Friedrich Pustet, Regensburg

5 4 3 2 1* 04 05 06 07

Thienemann im Internet: www.thienemann.de